主編：陳大為、鍾怡雯

華文新詩百年選

臺灣卷

壹

編輯體例

一、時間距度：以一九一八年為起點，到二〇一七年結束。

二、地理範圍：以臺灣、香港、馬華、中國大陸等四個創作質量較理想，而且學術研究成果已具規模的華文文學區域為編選範圍。歐美、新加坡等東南亞九國的華文文學，不在選文範圍內。

三、選文類別：以新詩、散文、短篇小說為主，在特殊情況下，節錄長篇小說當中足以反映全書敘事風格，而且情節相對獨立的章節。

四、編選形式：以單篇作品為單位，透過編年史的方式，讓不同時代作品依序登場，藉此建構一地文壇的百年文學發展脈絡。百年當中，總會有幾個時期的整體創作質量，或直接受到政治局勢左右，或受二戰的戰火波及，而導致嚴重的崩壞；但也總會有那麼幾個時代人才輩出，而且出版業興盛，每個「十年」（decade）的選文結果因此不盡相同，不過至少會有一兩篇重要的作品負責呈現那個「十年」的文學風貌，或文學浪潮。在此一理念下建構起來的百年文學地景，應該是相對完善的。

五、選稿門檻：所有入選作家必須正式出版過至少一部個人作品集，唯有發表於一九五〇年以前的部分單篇作品得以破例。

六、選稿基礎：主要選文來源，包括文學大系、年度選集、世代精選、個人文集、個人精選、期刊雜誌、文學副刊、數位文學平臺。至於作家及作品的得獎紀錄、譯本數量、銷售情況、點閱與按讚次數，皆不在評估之列。

七、作家國籍：華人作家在過去百年因國家形勢或個人因素，常有南遊北返，或遷徙他鄉的行述，部分作家甚至產生國籍上的變化。在分卷上，本書同時考慮「原國籍」、「新國籍」、「異地定居」、「長期旅居」等因素（不含異地出版），彈性處理，故某些作家的作品會分別出現在兩個地區的卷次。

目次

編輯體例 ——三
總序　華文文學・百年・選　陳大為・鍾怡雯 ——一一
臺灣卷序　詩史的等比例模型　陳大為 ——一七

壹

1925 亂都之戀　張我軍 ——二三
1930 人力車夫的叫喊　楊守愚 ——三三
1934 燕子去了後的秋光　楊華 ——三七
1948 書籍　林亨泰 ——四一
1951 野店　鄭愁予 ——四三
1951 殘堡　鄭愁予 ——四五

1953 喫板菸的精神分析學 紀弦 ——四七
1956 存在主義 紀弦 ——四九
1956 門的觸覺（四則） 黃荷生 ——五三
1957 一朵青蓮 蓉子 ——五九
1957 紅玉米 瘂弦 ——六一
1958 鹽 瘂弦 ——六五
1959 長頸鹿 商禽 ——六七
1959 二倍距離 林亨泰 ——六九
1959 安眠 黃荷生 ——七一
1960 域外 覃子豪 ——七三
1960 上校 瘂弦 ——七五
1960 五陵少年 余光中 ——七七
1961 麥堅利堡 羅門 ——八〇
1961 都市之死 羅門 ——八四
1961 還魂草 周夢蝶 ——九三
1963 孤峰頂上 周夢蝶 ——九六

1963 石室之死亡（選五） 洛夫 ——一〇一
1963 過黑髮橋 覃子豪 ——一〇七
1964 狼之獨步 紀弦 ——一一〇
1964 咀嚼 陳千武 ——一一一
1964 信鴿 陳千武 ——一一三
1964 我的妝鏡是一隻弓背的貓 蓉子 ——一一六
1965 菩提樹下 周夢蝶 ——一一八
1966 雙人床 余光中 ——一二一
1966 流浪人 羅門 ——一二三
1966 半流質的太陽 阮囊 ——一二五
1967 如果遠方有戰爭 余光中 ——一二七
1967 聲音 杜潘芳格 ——一三〇
1969 延陵季子掛劍 楊牧 ——一三二
1970 吃西瓜的六種方法 羅青 ——一三六
1972 沒有神的廟 莫渝 ——一四一
1974 獸 蘇紹連 ——一四三

1974 讀信 蘇紹連——一四五
1975 熱蘭遮城 楊牧——一四七
1975 蔦蘿 向明——一五二
1976 少林 溫瑞安——一五四
1976 薔薇學派的誕生 楊澤——一六三
1977 捉賊記 羅青——一六六
1977 杏花饅頭 管管——一七〇
1978 彷彿在君父的城邦（一、二、三） 楊澤——一七二
1979 與李賀共飲 洛夫——一八五
1980 一棵開花的樹 席慕蓉——一八九
1981 因為風的緣故 洛夫——一九一
1981 問聃 羅智成——一九三
1982 離騷 羅智成——二一五
1982 所謂 黃勁連——二三〇
1983 貓住在開滿荼蘼花的巷子裡 楊牧——二三五
1984 山鬼 鄭愁予——二三九

1984 河彎 馮青 —— 二四一
1985 聽妳說紅樓 林燿德 —— 二四五
1985 終端機 林燿德 —— 二四七
1986 我撿到一顆頭顱 陳克華 —— 二四九

總序

華文文學・百年・選

《華文文學百年選》是一套回顧華文文學百年發展的大書，書名由三個關鍵詞組成，涵蓋了全書的編選理念。

先說華文文學。在中港臺三地以外的華人社會，華文是一顆文化的種籽，從華文小學到華文中學，從華語到華文課本，「華」字的存在跟空氣一樣自然，一般百姓不會特別去思量它的命名有何不妥。華語文不但區隔了在地的異族語文，其實也區隔了文化中國這個母體，它暗示了一種「海外」獨有的、在地化的「非純正中文」或「非純正漢語」，日子久了，發酵成像土特產一樣的腔調。

在一九八〇年代進入中國學術視域的「華文文學研究」，不包括中國大陸的境內文學，因為那是「中國文學研究」，臺港澳文學後來跟海外華文文學融為一體，統稱為華文文學。當時臺灣學界不重視這個領域，命名權自然被中國學界整碗端去，先後成立了研究中心、超大型國際會議、專業學術期刊，甚至主動撰寫各國文學史，由此架設起一個龐大的研究平臺，「世界華文文學」遂成囊中之物。華文文學自此獲得更多的交流與關注，學科視野變得更為開闊，我們對東南亞華文文學的研究，確實獲利於此平臺，中國學界的貢獻不容抹煞。不過，「海外」華文文學詮釋權旁落的問題十分嚴重，除了馬華文學有能力在一九九〇年代奪回詮釋權，其他地區至今都沒有足夠強大的本土研究團隊跟中國學界抗衡，發不出自己的聲音。世界華文文學研究平臺，是跨國的學術論壇，也是話語權的戰場。

近十餘年來，有些學者覺得華文文學是中共中心論的政治符號，必須另起爐灶，重新界定了「華語語系文學」，它的命名過程很粗糙且漏洞百出，卻成為當前最流行的學術名詞。它建基於學理和心理上的「雙重反共」，在本質上並沒有改變任何東西，沒有哪個國家或地區的華文文學創作和研究從此改頭換面。

再度把鏡頭轉向廿一世紀的中國大陸，情況又不同了。原本屬於海外華人專利的「華語」，被中國民間商業團體改了體質，撐大了容量，成了現代漢語全球化的通行證，華語吞噬了漢語的概念版圖，一個懷抱天下的「華語世界」在中國傳媒界裡誕生。其中最好的例子是「華語電影傳媒大獎」（十七屆）、「華語音樂傳媒大獎」（十七屆），和「華語文學傳媒大獎」（十五屆），全都是包含中國在內的影音文學大獎；如果再算上那些五花八門的全球華語詩歌大獎，即可發現華語在非官方的日常使用領域中，正逐步取代漢語或普通話，尤其在能見度較高的國際性藝文舞臺。

我們以華文文學作為書名，兼取上述華文和華語的慣用意涵，把中國大陸涵蓋在內（一如我們主辦的「亞太華文文學國際學術研討會」），強調它的全球化視野。這種視野同樣體現在馬來西亞

「花蹤世界華文文學獎」（九屆），卻在臺灣逐步消失。鎖國多年的結果，曾為全球華文文學中心的臺灣離世界越來越遠。

這套書的最大編選目的，不是形塑經典，而是把濃縮淬取後的華文文學世界，以編年史的形式帶進臺灣書市，學生和大眾讀者可以用最小的篇幅去了解華文文學的百年地景——展讀中國小說家如何歷經五四運動、京海之爭、十年文革、文化尋根，和原鄉寫作浪潮的衝擊，如何在新世紀開創武俠、科幻、玄幻小說的大局；或者細讀香港文人從殖民到後殖民，從人文地誌到本土意識的敘述；以及歷代馬華作家筆下的南洋移民、娘惹文化、國族政治、雨林傳奇。當然還有自己的百年臺灣文學脈動。

現代百年，真的是很長的時間。

這百年的起點，有幾種說法。在我們的認知裡，現代白話文的源頭來自白話漢譯《聖經》及晚清傳教士的衍生寫作，當時有些讚美詩的中文／中譯，已經是相當成熟的「歐化白話」，胡適不過借用現成的歐化白話來進行新詩習作，從這角度來看，《嘗試集》比較像是一筆重要的文學史料或遺產。真正對中國現代文學寫作具有影響力並產生經典意義的，是一九一八年魯迅發表的〈狂人日記〉，此文正式揭開中國現代文學乃至全球現代漢語寫作的序幕，是歷久不衰的真經典。故本書以一九一八年為起點，止於二〇一七年終，整整一百年。

百年文學，分量遠比想像中的大。

我們在過去二十年的個人研究生涯中，花了一半的心力研究中國當代小說、散文和詩歌，另一半心力則投入臺灣、香港、馬華新詩及散文，有關新加坡、泰國、越南、菲律賓的研究成果不及一成，北美和歐洲則止於閱讀。上述研究成果，以及我們過去編選的二十幾冊新詩、散文、小說選，都是這套大書的基石，編起來才不至於太吃力。經過一番閱讀與評估，我們認為只有中、臺、港、馬四地的文獻資料是相對完整的，文學史的發展軌跡十分清晰，在質量上足以獨自成卷，而且我們長期追蹤它們的發展，不時選取新近出版的佳作來當教材，比較有把握。歐美的資料太過零散，東南亞其餘九國都面臨老化、斷層、衰退的窘境，即使有很熱心的中國學者為之撰史，甚至編選出文學大系，但質量並不理想。我們最終決定只編選中、臺、港、馬四地，所以不冠以世界或全球之名，只稱華文文學。

最後談到選文。

每個讀者都有自己的好惡，每個學者都有自己的一部（沒有寫出來的）文學史，大家總是對別人編的選集產生異議。文學本來就是主觀的。為了平衡主編自身的個人口味與好惡，我們初步擬好隱藏其後的文學史發展架構，再從各種文學大系、年度選集、世代精選，選出部分被各地區的主流論述認可的經典之作；接著，從個人文集與精選、期刊雜誌、文學副刊、數位文學平臺，挖掘出能夠跟前者並肩的佳作。我們既選了擁有大量研究成果的重量級作家，和中流砥柱的實力派，同時也選了被主流評論忽略的大眾文學作家與文壇新銳。在同水平作品當中，我們會根據教學經驗挑選一些適合課堂討論，或個人研讀與分析的作品。至於作家的得獎紀錄、譯本數量、銷售情況、點閱與按讚次數、意識形態、族群政治等因素，皆不在評估之列。

編這麼一套工程浩大的選集，確實很累。回想埋首書堆的日子，其實是快樂的——重溫了一路陪伴我們成長的老經典，發現了令人讚歎的新文章。我們希望能夠把多年來在教學和研究方面累積的成果，轉化成一套大書，它即是回顧華文文學百年發展的超級選本，也是現代文學史和創作課程的理想教材，更是讓一般讀者得以認識華文文學世界的一流讀物。

陳大為、鍾怡雯

二〇一八年一月八日　中壢

詩史的等比例模型

一九二五年，曾在北平讀書的板橋小夥子張我軍（1902-1955），用一種不帶古典殘影的白話，寫下他給北平的亂世情詩〈亂都之戀〉。那時，臺灣現代詩史尚未萌芽，古典漢詩盤踞固有的山頭，展現著千年不易的優越感。張我軍才二十三歲，卻看到眾多舊文人看不到的大勢，他那本《亂都之戀》在詩史變革的浪尖上成為開山之作，不是沒有道理的。詩史在這年代默默地掀開序幕，是有點冷清，凡高聳之物皆成地景，先是〈人力車夫的叫喊〉，再來是〈燕子去了後的秋光〉，接著到銀鈴會和林亨泰（1924-）。新詩和舊詩在白話中文、古典漢語、皇民日文之間遊走，纏鬥不休，二十幾年就這樣過去了。

詩史是崇高的，是聖殿，絕非閒雜人等戲耍的野地，因此很容易讓人產生錯覺，當我們討論到某些經典名篇，往往自動把大詩人的畢生成就壓縮成一尊小塑像，將他全部詩作理所當然的包裹進去，譬之為大師手筆。如此一來，便忽略了詩作定稿時的實際年齡。最佳例子是南來的鄭愁予（1933-），他在一九五一年寫下無可取代、不容複製的〈野店〉和〈殘堡〉，才十八歲，竟寫出浪跡天涯的蒼茫，且永不褪色。當時臺灣已非詩歌荒原，前不久才從北方來了不少詩人，包括幾位將來成為一代宗師的詩人。少年鄭愁予根本不甩這些，對他來說，一九五一年是前無古人且後無來者的，他寫他想寫的詩，寫他生活過的北國原野。一切都是那麼的純粹。這一年，十九歲的瘂弦（1932-）開始發表詩作，四年後他受邀加入創世紀詩社，再三年才磨出那首讀一遍就畢生難忘的〈鹽〉，當時，也不過二十六歲。藍星成立時，余光中（1928-2017）二十六歲，羅門（1928-2017）二十六歲；洛夫（1928-2018）成立創世紀，同樣二十六歲。

詩壇無前輩，一群小夥子放手一搏，用詩作和詩論打下自己的江山，沒有比這更好玩的事了。誰能想到他們會在往後漫長的一生，累積出那麼多傳奇的詩作和故事。詩社崛起的一九五〇，真是個成一家之言、偶打群架的大好年代。

詩史有時是朦朧的。頂尖的詩篇，好比在人生旅途上臨窗尖叫的地景，看一眼，便死死咬住記憶。隨著自己的年歲增長，地景的位置日益模糊，甚至糊成一糰。能夠清楚記得〈五陵少年〉、〈還魂草〉、〈石室之死亡〉三種風格迥異的詩誕生在同一時期，已經很好；至於〈延陵季子掛劍〉和〈吃西瓜的六種方法〉，實在很難想像它們是相毗為鄰。一九六〇年代承上啟下，強大的創造力超出本身的時間疆域，有如一顆「半流質的太陽」，要錨定它，不是那麼容易。

一九七〇年代也很強大。《驚心散文詩》曾經把我對散文詩的寫作信心，逼退三步。那是七〇年代前半期的傑作。到了後半期，猛然冒出〈薔薇學派的誕生〉，充滿統治力和滲透力的抒情風，出自二十二歲的楊澤（1954-）之手，他的詩會讓人感覺自己「彷彿在君父的城邦」，遁入一個獨特的文字宇宙。另一個稍晚降臨的宇宙是羅智成（1955-），他正好趕上「大敘事詩」浪潮，在一九八一、八二年相繼問世的〈問聃〉和〈離騷〉，不可思議地詮釋了先秦故事，在敘事魔法的深處他輕輕發聲：「不要急！中國的古代才開始」。楊、羅等五〇世代詩人，在敘事詩獎中轟轟崛起。

我不能忘記一九九〇年夏天在臺師大圖書館翻閱陳年副刊的心情，一整版密密麻麻地刊登了一首詩，就一首，甚至連刊兩、三天。那是時報文學獎和國軍文藝金像獎聯手開創的長篇敘事詩盛世，得獎詩作出場的氣勢，十分嚇人，跟現在國際名牌刊登的全版廣告差不了多少。一獎，成名。我在浪潮中讀到二十歲的陳克華（1961-），以及他結構恢宏的行星級大作。在六〇世代詩人當中，陳克華無疑是最早慧的，詭譎多變。才說「我撿到一顆頭顱」，立馬又來一招翻天覆地的「肛交之必要」，轉身一變，卻成了「京都遇雨」。幾種不同的調性構成一名複雜的詩人，絕對是六〇世代第一人。

很遺憾的，在我開始寫詩的時候，體積過度膨脹的敘事詩已經摧毀了自己，有好些得獎詩作太臃腫，無法穿過時間的窄門，永遠囚禁於不再有人翻閱的昔年副刊版面。一九八〇年代後期不再流行敘事，流行後現代。像趕集一樣，從中年學者到新銳詩人無不沉迷其中，不學「後」，無以言。我剛好有幸目睹這股浪潮如何席捲文學界，目睹中毒很深的學者，以及投機取巧的詩人，雙方裡應外合稱霸詩壇近十年。他們自以為是最前衛的智者，是全臺唯一有資格代表新時代的新人類，其餘人等皆屬下品。一門顯學西來，造就一批隨波逐流的瞎子。相同的戲碼，在詩史舞臺反覆上演。

詩史總是潮起潮落，沒有誰是永恆的太陽，前衛只是一時的前衛，經不經得起時間的考驗，很難說。在後現代浪潮侵臺之前，夏宇在一九八二年寫了〈野餐〉，楊牧在一九八三年寫了〈貓住在開滿荼靡花的巷子裡〉，其經典地位和讀者喜愛度，多少年來不動如山，後現代卻如煙消散，找不到一首詩有資格「與李賀共飲」。

潮起潮落，寶刀未老的余光中在西子灣〈夜讀曹操〉，那是大自在的筆法，下筆已是一九九〇年代中葉。焦桐（1956-）用爆發性的手段宣告「我將再起」；陳義芝（1953-）在〈觀音〉寫出幽微高妙、寓意豐盈的情思。五〇世代詩人依舊強大，六〇世代詩人趕上二十世紀最後的文學獎熱潮，〈一枚西班牙硬幣的旅行〉、〈我也會說我的語言〉、〈我的詩和父親的痰〉、〈再鴻門〉全都經過兩大報戰火的洗禮，才站穩了腳步。時間如沙漏裡的流勢，停不下來，才剛跨過千禧年，七〇世代的鯨向海（1976-）開始大展拳腳，引領新一代的風騷。轉眼間，又輪到八〇世代。

詩史百年，戲碼不變。新一代的後進詩人和讀者會產生自己的品牌和品味，把自己的審美標準當作唯一的真理，去審視詩史上的前驅詩篇。在浪尖上睥睨一切，只看到自己，是很正常的。過沒幾年，新的一切淪為舊的一切，更新的弄潮兒和真理接踵而至，再做相同的事。詩史是殘酷的，是一群自大狂的家族史。

這部百年詩選，也是殘酷的，它按照虛擬的詩史來編選，形同全部引文的匯集。從這個角度來看，它是臺灣新詩編年史的一具「等比例模型」，只能在狹小的篇幅裡讓一百二十首詩依序登場，敘說詩史百年的常與無常。

陳大為

二〇一九年一月九日

亂都之戀

——亂都是指北京，因為那時正值奉直開戰，
北京城內外人心頗不安，故曰亂都——

張我軍

1

不願和你分別，
終又難免這一別。
自生以來，不知經歷了
多少的生離和死別，
但何曾有過這麼依戀，
這麼愴惜的離別！

2

亂烘烘的北京，
依舊給漫天的灰塵籠罩著，
我大清早就督著行李，
衝著雜沓的喧囂，
冒著迷濛的灰霧，
獨向將載我走的車中去。

3

秋朝的天空，
半晴不晴地，
散射著很微弱的朝暉，
微光裡，愁慘中，
火車載我向南去了。

4

火車縱無情，
火車縱萬能，
也載不了我的靈魂兒回去，
我已盡把它寄託在這裡了。

5

唉！昨日在先農壇的樹蔭下
話別的一對少年男女，
今朝一個在家中嘆息，
一個在轆轆地響著的車中含淚！

6

陶然亭惜別之處，
今朝牧童和樵女，
定必依舊在那裡，
交他們的蜜語，
然而昨午小崗上的
一對少年男女，
今朝何曾有個影兒？

7

火車漸行漸遠了，
蒼鬱的北京也望不見了。
呵！北京我的愛人！
此去萬里長途，

這途中的寂寞和辛苦，
叫我將向誰訴？

8

你知道嗎？我的愛！
我把你的小影兒揣在懷中，
正如和你並坐而抱擁。
一站站車停時，
我都把你拿在掌中，
默默地向你訴說：
我的離情淒楚！

9

噯唷「再見，兩年後」嗎？

況是萬里長途呢！
我不願歸去了，
但又不得不歸去呵！
我只得把我的靈魂兒，
交給伊管領在亂都。

10

秋柳！鐵路旁的秋柳！
春去了你憔悴嗎？
但是，你何須憔悴，
春不是也在戀你嗎？
明年暖風吹時，
春又將跟他來了。

11

旅店的孤燈暗淡。
窗外的明月淒慘。
呀！月又圓了，
人已散了。
我獨坐孤燈下，
深深地嘆息復嘆息！

12

長途的旅行，
是何等地辛苦！
身疲困而心淒愴的旅人，
連夜又提著行李，
奔向船上去了。

13

海上的明月分外皎潔。
海水微微地波著，
涼風徐徐地吹著；
這樣月白風清之夜，
愛人喲！幾時才能叫我不感著
如今夜的孤獨無聊！

14

晚風微微地吹著，
好像是行人在嘆息。
夕陽剛剛沉下去了。
西山上的天空，
染著半天的金黃色，

呵呀！萬種憐戀之情，
盡漂浮在這黃昏的空中！

威海衛的連山一直向後退了。
船底下漸漸地發出沙沙之聲，
雄糾糾地向著茫茫的大海去。
去呀！去呀！
遠了！遠了！

作者簡介

——張我軍（1902-1955），臺灣新文學作家，在臺灣臺北縣板橋市出生長大，祖籍清帝國福建省漳州府南靖縣，原名張清榮。筆名一郎、野馬、M.S.、廢兵、老童生、劍華、以齋、四光、大勝等。張我軍與當時旅居北平的臺籍菁英連震東、洪炎秋、蘇薌雨等並稱「四劍客」，作家龍瑛宗讚譽張我軍為「高舉五四火把回臺的先覺者」。

1930

人力車夫的叫喊

楊守愚

出盡了牛馬似的氣力
流盡了珍珠似的血汗
拉痲了兩手
跑瘦了雙腿
在那熱日寒氣中混熬
在那風刀雨箭裡掙扎
也只能得到粗衣淡飯
免得兒飢女寒
但是看看自己
卻又是筋疲力竭
形容憔悴

雖然筋疲力竭
形容憔悴
為著生之執著
辛苦奚辭
又怎容得你不
餓虎似地爭先恐後
狂犬似地東奔西竄
以獲得一圓五角
回去買柴糴米

要獲得一圓五角
回去買柴糴米
在這殺人的不景氣
已不是隨隨便便
更不是容容易易
況加上了「都、都、都」的

自動車聲一響
越弄得一天全無生意
　　自動車聲的一響
弄得一天全無生意
　「怎麼好呢」？
也只有輕看了自己的生命，
　　和機械去拼個你活我
死
也只有廉賣了自己的勞動
力
　　零星地掙來了一錢五釐
　　科學的發達
容不得些兒抵禦
　　手工業的淪滅

也是必然的趨勢

　但這資本主義的沒落

　期

表演出來的經濟恐慌呀

　怎能不叫人愁慘哀喊

怎能不叫人怒目而視

作者簡介

——楊守愚（1905-1959），臺灣彰化縣人，本名楊松茂，臺灣新文學作家。筆名守愚、村老、洋、翔、Y、靜香軒主人、瘦鶴、慕、署人、睦生、街頭寫真師等，為日治時期臺灣新文學作家中筆名最多的一位。是彰化漢詩社「應社」、「慶社」的成員，除了創作漢詩，也以中國白話文混雜大量的臺灣話文創作小說、新詩等新文學作品，其作品陸續發表於《臺灣民報》、《臺灣新民報》、《臺灣文藝》、《臺灣新文學》、《臺灣文化》等刊物。

1934

燕子去了後的秋光

楊華

1

燕子把世間一切的生命力帶去了。
剩下的，
是灰枯淒澀的秋光，
是嗚咽哀鳴的秋光。
是孤客、詩人枯絕的希望。
我對著秋的氛圍，深深感傷！

2

我沿著冷悠悠的村溪前進。

片片的黃葉，颯颯向溪水飄飛。
秋色染透了的四野，
只一分的秋意呀，喚起我愁鬱萬分！
看，載著落葉的溪水，兀自悠悠前奔。
啊！誰不能，誰不能對著溪水與殘葉傷心！

3

在陽春三月時使你停步徘徊的野花細草，
只有愁蹙蹙笑斂嬌藏。
在春風嫵媚中笑舞著伴你的嬌柳豔楊，
也只餘幾片殘葉，寒顫輕嘆、孤立在路旁。
看，荒埸一片——一片荒埸。
可荒了我索路的詩腸？

4

這在在足以使人愁鬱的，
燕子去後的秋光啊！
我欲留燕子永不回去，
我渴望秋光不再來到！
——不、不！
我是無論如何痛愛這悲豔的燕子去後的秋光。

作者簡介

——楊華（1906-1936），本名楊顯達，另有筆名楊花、楊器人。出生於屏東。楊華擅長作小詩，語言練達，意象飽滿，近似俳句。楊華因違反治安維持法被捕下獄，於獄中撰寫其代表作《黑潮集》。一九三二年起開始大量發表詩作，以臺語寫成的〈女工悲曲〉一詩，刻畫出當時工人階級的心聲，作品中透露出的憂患意識，反映被殖民社會的困境。一九三五年於《臺灣文藝》發表唯二的兩篇小說〈一個勞動者之死〉和〈薄命〉。一九三六年，因潦倒病苦而懸梁自盡，時人稱其為薄命詩人。

書籍

林亨泰

在桌子上堆著很多的書籍，
每當我望著它時，
便會有一個思想浮在腦際，
因為，這些書籍的著者，
多半已不在人世了，
有的害了肺病死掉，
有的在革命中倒下，
有的是發狂著死去。
這些書籍簡直是
從黃泉直接寄來的贈禮，
以無盡的感慨，
我抽出一冊來。

一張一張的翻著，
我的手指有如那苦修的行腳僧，
逐寺頂禮那樣哀憐。

於是，我祈禱，
像香爐焚薰著線香，
我點燃起菸草……

作者簡介

——林亨泰（1924-），出生於彰化，畢業於臺灣師範大學教育學系。中學時接觸西方現代文學潮流，此為其日後創作基礎。十八歲即開始寫作日文詩集《靈魂的產聲》，一九四七年加入「銀鈴會」，開始寫作中文詩，其由日文轉入中文寫作，自稱「跨越語言的一代」。一九五六年參與「現代派運動」，後因想法與現代派不同，認為縱的繼承不可否認，且詩應該要能回到實際生活，而創立「笠詩社」。二〇〇四年獲國家文藝獎，二〇一七年獲吳三連文學獎。

1951

野店

鄭愁予

是誰傳下這詩人的行業
黃昏裡掛起一盞燈

啊，來了——
　有命運垂在頸間的駱駝
　有寂寞含在眼裡的旅客
是誰掛起的這盞燈啊
曠野上，一個朦朧的家
微笑著……
　有松火低歌的地方啊
　有燒酒羊肉的地方啊

有人交換著流浪的方向啊……

作者簡介

——鄭愁予（1933-），本名鄭文韜，出生於濟南。後隨家人遷臺，先後畢業於新竹高中、臺北大學。曾任職基隆港，一九六八年應邀赴美國，取得愛荷華大學英文系詩創作工坊美藝碩士、加州世界文學與藝術學院文學博士，並留校任教，翌年轉往耶魯大學東亞語文學系任教，任教三十一年後獲終身在校資深講席、駐校詩人、勃蘭福學院（Branford College）永久院士。近年受聘香港香港大學名譽教授、臺灣東華大學榮譽教授、東海大學榮譽講座教授等，現任金門大學專任講座教授。獲國家文藝獎及中外學府與文化團體贈終身成就獎多起。著有詩集《夢土上》、《窗外的女奴》、《衣鉢》、《燕人行》、《雪的可能》、《刺繡的歌謠》、《寂寞的人坐著看花》，以及詩選《鄭愁予詩集Ⅰ》、《鄭愁予詩集Ⅱ》等。多年來詩作被臺、港、星、大陸等地編入華文教科書。

1951

殘堡

鄭愁予

戍守的人已歸了，留下
邊地的殘堡
看得出，十九世紀的草原啊
如今，是沙丘一片……

怔忡而空曠的箭眼
掛過號角的鐵釘
被黃昏和望歸的靴子磨平的
戍樓的石垛啊
一切都老了
一切都抹上風沙的鏽

百年前英雄繫馬的地方
百年前壯士磨劍的地方
這兒我黯然地卸了鞍
歷史的鎖啊沒有鑰匙
我的行囊也沒有劍
要一個鏗鏘的夢吧
趁月色，我傳下悲戚的「將軍令」
自琴弦……

作者簡介

——鄭愁予（1933-），詳見本書頁四四。

1953

喫板菸的精神分析學

紀弦

從我的菸斗裡冉冉上升的
是一朵蕈狀的雲，
一條蛇，
一只救生圈，
和一個女人的裸體。
她舞著，而且歌著；
她唱的是一道乾涸了的河流的氾濫，
和一個夢的聯隊的覆滅。

作者簡介

——紀弦（1913-2013），本名路逾，筆名路易士，一九五三年創辦《現代詩》，主張「橫的移植」，掀起新詩革命。一九五六年與鄭愁予、林亨泰、林泠等人創立現代派。著有《易士詩集》、《摘星的少年》、《隱者詩抄》、《半島之歌》、《年方九十》等多部詩集。

1956

存在主義

紀弦

圖案似的
標本似的
　　一蜥蜴
夜夜，預約了一般地
出現，預約了一般地
當我為了明天的麵包以及
　　昨日的債務而又在辛勞地
　　　　辛勞地工作著時
平貼在我的窗的毛玻璃的

那邊，用牠的半透明的
胴體，神奇的但醜陋的
尾巴，給人以不快之感的
頭部，和有著幼稚園小朋友的人物畫風格的
四肢平貼著，
　　圖案似的
　　標本似的
　　　一蜥蜴

這夠我欣賞的了。
在我的燈的優美的
照明之下：這存在

　　這小小的守宮（上帝造的）
　　這小小的壁虎（上帝造的）
這遠古大爬蟲的縮影、縮寫和同宗

屏息在我的窗的毛玻璃的
那邊，而時作覓食之拿手的
表演；於是許多的蚊蚋、蛾蝶和小青蟲
在牠的膨脹而呈微綠的肚子裡
消化著
又消化著。

噢，對啦！我是牠的戲的
觀眾，而且是牠的藝術的
喝采者，有詩為證；而牠
也從不假裝不曉得
究竟在這個芸芸眾生的大雜院裡
誰是最後熄燈就寢的一個。

故我存在——等價於上帝
蜥蜴存在——等價於上帝

一切存在——等價於上帝
而這就是我們的存在主義——不！我們的存在主義

作者簡介

——紀弦（1913-2013），詳見本書頁四八。

門的觸覺（四則）

黃荷生

門的觸覺1

門被開啟——被無所為的偶然
吹來了終要吹去的風；被那些遠赴
交點的線條，被那些肯定地
下降過斜度的梯，而沒有表示出
休止與終點的，沒有引力沒有方向的
那些問句，那些包含著否定的片語
那些久久而不得成熟的猶豫
久久的孕育，久久存在的奇蹟

或許門將被開啟，再一度

被緊緊地關閉，被密密地鎖住
它的聲音；眼相對的位置，被鎖住
它蒼白的心跳，和褪除了黃色的手
它的據點，它的軸，它未知的弧度
弧度——與弧度的容量；不再有
外切的弦，不再有直線，不再有
象徵著無窮的角，不再相交

門的觸覺2

游離著；所謂蒼白；啊
被緊緊地貼住於門上的
被大意地表現於鎖上的
且被浪費於沒有重量的空隙之中，啊
蒼白；全然地俯身向我的，鏽的
沒有脈搏，且久久無所

表達，無所展示的……

引起我們的飢餓。
以及焦慮，以及渴望。
對於斜梯的三十度角，對於
夢；對於長廊突然的彎度
彎度，我亦常常加以懷疑
對於邊，對於範圍，甚至對於
遲遲地露面的明日，明日的函數

門的觸覺3

完全的，把昔日和昔日
遺忘的門，我們說它是開著；
倘若回憶也有個開始

有個不被還原的方向
有個不定的沒有腳的軌跡
有個時時的分離——
就像我們形容的古道，茫然地
被沒有引力的遠方接了去
就像一個突然，半面的逃開，
亦表示了不可知的半面的
門開著的時候

門的觸覺4

這一切都已經洞然
怎麼我也會站在門口
也有次不可預知的回頭
怎麼門先都是關著
我們再含糊地

推開

亦說它是可能，亦是它是必然
且給予一個關聯
又另一個關聯……
門是一個入口
門是一個出口
怎麼我也要費一番思索
門是否
剛剛開的

作者簡介

——黃荷生（1938-），本名黃根福，出生於臺北萬華。政治大學新聞系畢業。曾為福元印刷公司負責人，巨人出版社、《現代詩》主編，現代派、笠詩社同仁，一九六二年曾與梅新共同策畫《中國現代文學大系》叢書之出版，暖流出版社發行人，現已退休。著有詩集《觸覺生活》。

1957

一朵青蓮

蓉子

有一種低低的迴響也成過往　仰瞻
只有沉寒的星光　照亮天邊
有一朵青蓮　在水之田
在星月之下獨自思吟。

可觀賞的是本體
可傳誦的是芬美　一朵青蓮
有一種月色的朦朧　有一種星沉荷池的古典
越過這兒那兒的潮濕和泥濘而如此馨美！

幽思遼闊　面紗面紗
陌生而不能相望

影中有形　水中有影
一朵靜觀天宇而不事喧嚷的蓮。

紫色向晚　向夕陽的長窗
儘管荷蓋上承滿了水珠　但你從不哭泣
仍舊有蓊鬱的青翠　仍舊有妍婉的紅燄
從澹澹的寒波　擎起。

作者簡介

——蓉子（1928-），本名王蓉芷，江蘇人。大學肄業，高考及格。五〇年代開市創作生涯，曾獲榮譽碩士和博士學位。愛荷華大學國際作家寫作計劃榮譽研究員證書。著有詩集《青鳥集》、《眾樹歌唱》十多本，散文《歐遊手紀》、《千泉之聲》，論評集《青少年詩國之旅》等二十五本左右。曾獲世界詩人大會桂冠獎、亞洲華文基金會頒終身成就獎和由瑞典頒發的國際莎士比亞終身成就獎。曾應聘為中山文藝獎評審委員、東海大學文藝創作班詩組主任、亞洲華文女作家文藝大會主席。

1957

紅玉米

瘂弦

宣統那年的風吹著
吹著那串紅玉米

它就在屋簷下
掛著
好像整個北方
整個北方的憂鬱
都掛在那兒

猶似一些逃學的下午
雪使私塾先生的戒尺冷了
表姊的驢兒就拴在桑樹下面

猶似嗩吶吹起
道士們喃喃著
祖父的亡靈到京城去還沒有回來

猶似叫哥哥的葫蘆兒藏在棉袍裡
一點點淒涼，一點點溫暖
以及銅環滾過崗子
遙見外婆家的蕎麥田
便哭了

就是那種紅玉米
掛著，久久地
在屋簷底下
宣統那年的風吹著

你們永不懂得
那樣的紅玉米
它掛在那兒的姿態
和它的顏色
我底南方出生的女兒也不懂得
凡爾哈崙也不懂得

猶似現在
我已老邁
在記憶的屋簷下
紅玉米掛著
一九五八年的風吹著
紅玉米掛著

作者簡介

——瘂弦（1932-），本名王慶麟，河南南陽人。美國威斯康辛大學東亞研究所碩士。《創世紀》詩刊發行人，曾任《幼獅文藝》主編、《聯合報》副刊主編。著有《瘂弦詩集》、《中國新詩研究》、《記哈客詩想》、《聚繖花序》等書。

鹽

瘂弦

二嬤嬤壓根兒也沒見過退斯妥也夫斯基。春天她只叫著一句話：鹽呀，鹽呀，給我一把鹽呀！天使們就在榆樹上歌唱。那年豌豆差不多完全沒有開花。

鹽務大臣的駱駝隊在七百里以外的海湄走著。二嬤嬤的盲瞳裡一束藻草也沒有過。她只叫著一句話：鹽呀，鹽呀，給我一把鹽呀！天使們嬉笑著把雪搖給她。

一九一一年黨人們到了武昌。而二嬤嬤卻從吊在榆樹上的裹腳帶上，走進了野狗的呼吸中，禿鷲的翅膀裡；且很多聲音傷逝在風中，鹽呀，鹽呀，給我一把鹽呀！那年豌豆差不多完全開了白花。退斯妥也夫斯基壓根兒也沒見過二嬤嬤。

作者簡介

——瘂弦（1932-），詳見本書頁六四。

1959

長頸鹿

商禽

那個年輕的獄卒發覺囚犯們每次體格檢查時身長的逐月增加都是在脖子之後，他報告典獄長說：「長官，窗子太高了！」而他得到的回答卻是：「不，他們瞻望歲月。」

仁慈的青年獄卒，不識歲月的容顏，不知歲月的籍貫，不明歲月的行蹤；乃夜夜往動物園中，到長頸鹿欄下，去逡巡，去守候。

作者簡介

——商禽（1930-2010），本名羅顯烆，又名羅燕、羅硯，另有筆名羅馬、夏離、壬癸等。生於四川珙縣，十六歲從軍，在逃亡與被拉伕的交替中，流徙過中國西南各省，其間開始蒐集民謠，試作新詩。隨軍來臺後任陸軍士官退伍，做過編輯、碼頭臨時工、園丁等，也賣過牛肉麵，後於《時報週刊》擔任主編、副總編輯。

早年於《現代詩》發表詩作，後參與紀弦發起的「現代派」，並加入創世紀詩社。曾應邀赴美參加愛荷華大學「國際寫作計畫」。其早年成名作多為散文詩，被譽為一九五〇年以降臺灣散文詩的開山者，有「鬼才」之稱，是活躍於五、六〇年代臺灣現代詩壇的重要詩人。詩作數量不超過兩百首，著作僅有詩集《夢或者黎明》、《用腳思想》，以及增訂本《夢或者黎明及其他》和選集《商禽世紀詩選》、《商禽集》五種，另有英、法、德、瑞典文等譯本。一九七七、一九八二、二〇〇五年三度名列當代十大詩人，《夢或者黎明》亦於一九九九年入選臺灣文學經典詩集。

1959

二倍距離

林亨泰

你的誕生已經
誕生的你的死
已經不死的你
的誕生已經誕
生的你的死已
經不死的你

一棵樹與一棵
樹間的一個早
晨與一個早晨
間的一棵樹與
一棵樹間的一

個早晨與一個
　早晨間
那距離必有二倍距離
然而，必有二倍距離

作者簡介
——林亨泰（1924-），詳見本書頁四二。

1959

安眠

黃荷生

安眠吧。安眠

眼睛統治一切
在孤獨與孤獨之間
向煩憂招手
向病癒的煩憂招手，在最薄
最薄的邊緣上
我們將感到莫名的暈眩
——感到死一般
棕色的暈眩

啊，安眠吧。

安眠。像我們的呼吸一樣地
我們凝視著寂靜的眼
一個知己的眼
有一天你們終將明白：
像我們無由的納悶
我將圍抱著你們

作者簡介

——黃荷生（1938-），詳見本書頁五八。

域外

覃子豪

域外的風景展示於
城市之外、陸地之外、海洋之外
虹之外、雲之外、青空之外
人們的視覺之外
超 Vision 的 Vision
域外人的 Vision

域外的人是一款步者
他來自域內
卻常款步於地平線上
雖然那裡無一株樹、一匹草
而他總愛欣賞域外的風景

作者簡介

——覃子豪（1912-1963），本名覃基，一九五四年與鍾鼎文、余光中、夏菁等人創立藍星詩社。著有《自由的旗》、《海洋詩抄》、《向日葵》、《畫廊》等詩集。

1960

上校

瘂弦

那純粹是另一種玫瑰
自火焰中誕生
在蕎麥田裡他們遇見最大的會戰
而他的一條腿訣別於一九四三年

他曾聽到過歷史和笑

什麼是不朽呢
咳嗽藥刮臉刀上月房租如此等等
而在妻的縫紉機的零星戰鬥下
他覺得唯一能俘虜他的
便是太陽

作者簡介

——瘂弦（1932-），詳見本書頁六四。

五陵少年

1960

余光中

颱風季，巴士峽的水族很擁擠
我的血系中有一條黃河的支流
黃河太冷，需要摻大量的酒精
浮動在杯底的是我的家譜
喂！　再來杯高粱！

我的怒中有燧人氏，淚中有大禹
我的耳中有涿鹿的鼓聲
傳說祖父射落了九隻太陽
有一位叔叔的名字能嚇退單于
聽見沒有？　來一瓶高粱！

千金裘在拍賣行的櫥窗裡掛著
當掉五花馬只剩下關節炎
再沒有週末在西門町等我
於是枕頭下孵一窩武俠小說
來一瓶高粱哪，店小二！

重傷風能造成英雄的幻覺
當咳嗽從蛙鳴進步到狼嗥
肋骨搖響瘋人院的鐵柵
一陣龍捲風便自肺中拔起
沒關係，我起碼再三杯！

末班巴士的幽靈在作祟
雨衣！　我的雨衣呢？　六蓆的
榻榻米上，失眠在等我
等我闖六條無燈的長街

不要扶，我沒醉！

作者簡介

——余光中（1928-2017），一生從事詩、散文、評論、翻譯，自稱為寫作的四度空間，詩風與文風的多變、多產、多樣，盱衡同輩晚輩，幾乎少有匹敵者。從舊世紀到新世紀，對現代文學影響既深且遠，遍及兩岸三地的華人世界。曾在美國教書四年，並在臺、港各大學擔任外文系或中文系教授暨文學院院長，曾獲香港中文大學、澳門大學、臺灣中山大學及政治大學之榮譽博士。先後榮獲「南京十大文化名人之首」、全球華文文學星雲獎之貢獻獎、第三十四屆行政院文化獎等。

著有詩集《白玉苦瓜》、《藕神》、《太陽點名》等；散文集《逍遙遊》、《聽聽那冷雨》、《青銅一夢》、《粉絲與知音》等；評論集《藍墨水的下游》、《舉杯向天笑》、《從杜甫到達利》等；翻譯《理想丈夫》、《溫夫人的扇子》、《不要緊的女人》、《老人和大海》、《不可兒戲》、《梵谷傳》、《濟慈名著譯述》、《英美現代詩選》等，主編《中華現代文學大系》（一）、（二）、《秋之頌》等，合計七十種以上。

麥堅利堡

羅門

1961

超過偉大的
是人類對偉大已感到茫然

戰爭坐在此哭誰
它的笑聲　曾使七萬個靈魂陷落在比睡眠還深的地帶

太陽已冷　星月已冷　太平洋的浪被炮火煮開也都冷了
史密斯　威廉斯　煙花節光榮伸不出手來接你們回家
你們的名字運回故鄉　比入冬的海水還冷
在死亡的喧噪裡　你們的無救　上帝的手呢
血已把偉大的紀念沖洗了出來
戰爭都哭了　偉大它為什麼不笑

七萬朵十字花　圍成園　排成林　繞成百合的村
在風中不動　在雨裡也不動
沉默給馬尼拉海灣看　蒼白給遊客們的照相機看
史密斯　威廉斯　在死亡紊亂的鏡面上　我只想知道
　　那裡是你們童幼時眼睛常去玩的地方
　　　那地方藏有春日的錄音帶與彩色的幻燈片

麥堅利堡　鳥都不叫了　樹葉也怕動
凡是聲音都會使這裡的靜默受擊出血
空間與空間絕緣　時間逃離鐘錶
這裡比灰暗的天地線還少說話　永恆無聲
美麗的無音房　死者的花園　活人的風景區
神來過　敬仰來過　汽車與都市也都來過
而史密斯　威廉斯　你們是不來也不去了
靜止如取下擺心的錶面　看不清歲月的臉

在日光的夜裡　星滅的晚上
你們的盲睛不分季節地睡著
睡醒了一個死不透的世界
睡熟了麥堅利堡綠得格外憂鬱的草場

死神將聖品擠滿在嘶喊的大理石上
給升滿的星條旗看　給不朽看　給雲看
麥堅利堡是浪花已塑成碑林的陸上太平洋
一幅悲天泣地的大浮雕　掛入死亡最黑的背景
七萬個故事焚毀於白色不安的顫慄
史密斯　威廉斯　當落日燒紅滿野芒果林於昏暮
神都將急急離去　星也落盡
你們是那裡也不去了
太平洋陰森的海底是沒有門的

註：麥堅利堡（Fort Mckinly）紀念第二次大戰期間七萬美軍在太平洋地區戰亡；美國人在馬尼拉城郊，以七萬座

大理石十字架，分別刻著死者的出生地與名字，非常壯觀也非常淒慘地排列在空曠的綠坡上，展覽著太平洋悲壯的戰況，以及人類悲慘的命運，七萬個彩色的故事，是被死亡永遠埋住了，這個世界在都市喧噪的射程之外，這裡的空靈有著偉大與不安的顫慄，山林的鳥被嚇住都不叫了。靜得多麼可怕，靜得連上帝都感到寂寞不敢留下；馬尼拉海灣在遠處閃目，芒果林與鳳凰木連綿遍野，景色美得太過憂傷。天藍，旗動，令人肅然起敬；天黑；旗靜，周圍便黯然無聲，被死亡的感覺重壓著……作者本人最近因公赴菲，曾與菲華作家施穎洲、亞薇及畫家朱一雄家人往遊此地，並站在史密斯的十字架前拍照。

作者簡介

——羅門（1928-2017），本名韓仁存，廣東省海南島文昌縣人。從事詩創作四十年，曾任臺灣藍星詩社社長及中國文藝協會詩創作班主任。出版有詩集十七種，論文集七種，羅門創作大系書十種，羅門、蓉子系列書八種。並在臺灣與大陸北京大學兩地分別舉辦羅門蓉子系列書研討會。作品選入英、法、德、瑞典、南斯拉夫、羅馬尼亞、日、韓……等外文詩選與中文版「中國當代十大詩人選集」等近一百種詩選集。曾獲中國時報推薦詩獎、藍星詩獎、中山文藝獎、教育部詩教獎及菲總統金牌與大綬勳章等。

1961

都市之死

羅門

都市你造起來的
快要高過上帝的天國了

1

建築物的層次　托住人們的仰視
食物店的陳列　紋刻人們的胃壁
櫥窗閃著季節伶俐的眼色
人們用紙幣選購歲月的容貌
在這裡　腳步是不載運靈魂的
在這裡　神父以聖經遮目睡去
　　凡是禁地都成為市集

　　凡是眼睛都成為藍空裡的鷹目
如行車抓住馬路急馳
人們抓住自己的影子急行
　　在來不及看的變動裡看
　　在來不及想的迴旋裡想
　　在來不及死的時刻裡死

速度控制著線路　神抓不到話筒
這是忙季　在按鈕與開關之間
都市　你織的網密得使呼吸停止
在車站招喊著旅途的焦急裡
在車胎孕滿道路的疲憊裡
一切不帶阻力地滑下斜坡　衝向末站
誰也不知道太陽在那一天會死去
人們伏在重疊的底片上　再也叫不出自己
　　　　　　　　　　看不見眼睛

沒有事物不回到風裡去
　如酒宴亡命於一條抹布
　　假期死在靜止的輪下

2

禮拜日　人們經過六天逃亡回來
心靈之屋　經牧師打掃過後
次日　又去聞女人肌膚上的玫瑰香
　去看銀行窗口蹲著七個太陽
坐著　站著　走著
　都似浪在風裡
菸草撐住日子　酒液浮起歲月
伊甸園是從不設門的
在尼龍墊上　榻榻米上　文明是那條脫下的花腰帶
美麗的獸　便野成裸開的荒野

到了明天　再回到衣服裡去
　　回到修飾的毛髮與嘴臉裡去
而腰下世界　總是自靜夜升起的一輪月
　　　一光潔的象牙櫃臺
　　　　唯有幻滅能兌換希望

都市　掛在你頸項間終日喧叫的十字街
那神是不信神的　那神較海還不安
教堂的尖頂　吸進滿天寧靜的藍
　　　　　卻注射不入你玫瑰色的血管
十字架便只好用來閃爍那半露的胸脯
那半露的胸脯　裸如月光散步的方場
　聳立著埃爾佛的鐵塔
　　守著巴黎的夜色　守著霧　守著用腰祈禱的天國

3

在攪亂的水池邊注視
搖晃的影子是抓不住天空的雲
急著將鏡擊碎　也取不出對象
都市　在你左右不定的擺動裡
　所有的拉環都是斷的
　所有的手都垂成風中的斷枝
有一種聲音總是在破玻璃的裂縫裡逃亡
人們慌忙用影子播種　在天花板上收回自己
去追春天　花季已過
去觀潮水　風浪俱息
生命是去年的雪　婦人鏡盒裡的落英
死亡站在老太陽的座車上
　向響或不響的　默呼
向醒或不醒的　低喊

時鐘與輪齒啃著路旁的風景
碎絮便鋪軟了死神的走道
時針是仁慈且敏捷的絞架
刑期比打鼾的睡眠還寬容
張目的死等於是罩在玻璃裡的屍體
人們藏住自己　如藏住口袋裡的票根
再也長不出昨日的枝葉　響不起逝去的風聲
一棵樹便只好飄落到土地之外去

4

都市　白晝纏在你頭上　黑夜披在你肩上
你是不生容貌的粗陋的腸胃
　一頭吞食生命不露傷口的無面獸
　　　啃著神的筋骨
你光耀的冠冕　總是自繽紛的夜色中升起

而跌碎在清道夫的黎明
射擊日　你是一頭掛在假日裡的死鳥
在死裡被射死再被射死
來自荒野的餓鷹　有著慌急的行色
笑聲自入口飛起　從出口跌下
風起風落　潮來浪去
誰能在來回的踐踏中救出那條路
誰能在那種隱痛中走出自己撕裂的傷口
誰能在那急躁的河聲中不捲入那渦流
沉船日　只有床與餐具是唯一的浮木
掙扎的手臂是一串呼叫的鑰匙
喊著門　喊著打不開的死鎖

5

都市　在終站的鐘鳴之前

你所有急轉的輪軸折斷　脫出車軌
死亡也不會發出驚呼　出示燈號
你是等於死的張目的死
　死在酒瓶裡　死在菸灰缸裡
　　死在床上　死在埃爾佛的鐵塔下
　　　死在文明過量的興奮劑中
當肺葉不再將聲息傳入聽診器
當所有的血管成了斷電的線路
天堂便暗成一個投影
神在仰視中垮下來
都市　在復活節一切死得更快
而你卻是剛從花轎裡步出的新娘
　是掛燈籠的初夜　果露釀造的蜜月
一隻裸獸　在最空無的原始
一扇屏風　遮住墳的陰影
一具雕花的棺　裝滿了走動的死亡

作者簡介

——羅門（1928-2017），詳見本書頁八三。

「凡踏著我腳印來的
我便以我，和我底腳印，與他！」
你說。

這是一首古老的，雪寫的故事
寫在你底腳下
而又亮在你眼裡心裡的，
你說。雖然那時你還很小
（還不到春天一半裙幅大）
你已倦於以夢幻釀蜜
倦於在鬢邊襟邊簪帶憂愁了。

穿過我與非我
穿過十二月與十二月
在八千八百八十之上
你向絕處斟酌自己
斟酌和你一般浩瀚的翠色。

南極與北極底距離短了，
有笑聲嘩嘩然
從積雪深深的覆蓋下竄起，
面對第一線金陽
面對枯葉般匍匐在你腳下的死亡與死亡
在八千八百八十之上
你以青眼向塵凡宣示：
「凡踏著我腳印來的
我便以我，和我底腳印，與他！」

註：傳說世界最高山聖母峰頂有還魂草一株，經冬不凋，取其葉浸酒飲之可卻百病，駐顏色。按聖母峰高海拔八千八百八十二公尺。

作者簡介

——周夢蝶（1921-2014），本名周起述，筆名起自莊子午夢，表示對自由的無限嚮往。河南省淅川縣人，開封師範、宛西鄉村師範肄業。熟讀古典詩詞及四書五經，因戰亂，中途輟學後加入青年軍行列，一九四九年隨軍來臺。一九五二年開始寫詩，作品主要刊載於《中央日報》、《青年戰士報》副刊。退伍後，加入「藍星詩社」，當過書店店員，一九五九年起於北市武昌街明星咖啡廳門口擺書攤，專賣詩集和文哲圖書，並出版生平第一本詩集《孤獨國》；一九六二年開始禮佛習禪，終日默坐繁華街頭，成為北市頗具代表性的藝文「風景」，文壇「傳奇」。一九八〇年因胃病開刀，才結束二十年書攤生涯。著有詩集《孤獨國》、《還魂草》、《周夢蝶世紀詩選》、《約會》、《十三朵白菊花》等。

孤峰頂上

1963

周夢蝶

恍如自流變中蟬蛻而進入永恆
那種孤危與悚慄的欣喜！
髣髴有隻伸自地下的天手
將你高高舉起以寶蓮千葉
盈耳是冷冷襲人的天籟。

擲八萬四千恆河沙劫於一彈指！
靜寂啊，血脈裡奔流著你
當第一瓣雪花與第一聲春雷
將你底渾沌點醒——眼花耳熱
你底心遂繽紛為千樹蝴蝶。

向水上吟誦你底名字
向風裡描摹你底蹤跡；
貝殼是耳，纖草是眉髮
你底呼吸是浩瀚的江流
震搖今古，吞吐日夜。

每一條路都指向最初！
在水源盡頭。只要你足尖輕輕一點
便有冷泉千尺自你行處
醍醐般湧發。且無須掬飲
你顏已酡，心已洞開。

而在春雨與翡翠樓外
青山正以白髮數說死亡；
數說含淚的金檀木花
和拈花人，以及蝴蝶

自新埋的棺蓋下冉冉飛起的。

踏破二十四橋的月色
頓悟鐵鞋是最盲目的蠹物！
而所有的夜都鹹
所有路邊的李都苦
不敢回顧：觸目是斑斑刺心的蒺藜。

恰似在驢背上追逐驢子
你日夜追逐著自己底影子；
直到眉上的虹采於一瞬間
寸寸斷落成灰，你纔驚見
有一顆頂珠藏在你髮裡。

從此昨日的街衢；昨夜的星斗
那喧囂；那難忘的清寂

都忽然發現自己似的
發現了你。像你與你異地重逢
在夢中，劫後的三生。

烈風雷雨魑魅魍魎之夜
合歡花與含羞草喁喁私語之夜
是誰以猙獰而溫柔的矛盾磨折你？
雖然你的坐姿比徹悟還冷
比覆載你的虛空還厚而大且高……

沒有驚怖，也沒有顛倒
一番花謝又是一番花開。
想六十年後你自孤峰頂上坐起
看峰之下，之上之前之左右。
簇擁著一片燈海——每盞燈裡有你。

作者簡介

——周夢蝶（1921-2014），詳見本書頁九五。

1963

石室之死亡（選五）

洛夫

1

只偶然昂首向鄰居的甬道，我便怔住
在清晨，那人以裸體去背叛死
任一條黑色支流咆哮橫過他的脈管
我便怔住，我以目光掃過那座石壁
上面即鑿成兩道血槽

我的面容展開如一株樹，樹在火中成長
一切靜止，唯眸子在眼瞼後面移動
移向許多人都怕談及的方向
而我確是那株被鋸斷的苦梨

在年輪上，你仍可聽清楚風聲、蟬聲

2

凡是敲門的，銅環仍應以昔日的炫耀
弟兄們俱將來到，俱將共飲我滿額的急躁
他們的飢渴猶如室內一盆素花
當我微微啟開雙眼，便有金屬聲
丁當自壁間，墜落在客人們的餐盤上

其後就是一個下午的激辯，諸般不潔的顯示
語言只是一堆未曾洗滌的衣裳
遂被傷害，他們如一群尋不到恆久居處的獸
設使樹的側影被陽光所劈開
其高度便予我以面臨日暮時的冷肅

5

火柴以爆燃之姿擁抱整個世界
焚城之前，一個暴徒在歡呼中誕生
雪季已至，向日葵扭轉脖子尋太陽的回聲
我再度看到，長廊的陰暗從門縫閃進
去追殺那盆爐火

光在中央，蝙蝠將路燈吃了一層又一層
我們確為那間白白空下的房子傷透了心
某些衣裳發亮，某些臉在裡面腐爛
那麼多咳嗽，那麼多枯乾的手掌
握不住一點暖意

6

如果駭怕我的清醒
請把窗子開向那些或將死去的城市
不必再在我的短暫裡去翻撥那句話
它已亡故
你的眼睛即是葬地

有人試圖在我額上吸取初霽的晴光
且又把我當作冰崖猛力敲碎
壁爐旁，我看著自己化為一瓢冷水
一面微笑
一面流進你的脊骨，你的血液……

11

棺材以虎虎的步子踢翻了滿街燈火
這真是一種奇怪的威風
猶如被女子們摺疊好的綢質枕頭
我去遠方，為自己找尋葬地
埋下一件疑案

剛認識骨灰的價值，它便飛起
松鼠般地，往來於肌膚與靈魂之間
確知有一個死者在我內心
但我不懂得你的神，亦如我不懂得
荷花的升起是一種慾望，或某種禪

作者簡介

——洛夫（1928-2018），本名莫洛夫，生於湖南衡陽，淡江大學英文系畢業。一九五四年與張默、瘂弦共同創辦《創世紀》詩刊，歷任總編輯數十年，對臺灣現代詩的發展影響深遠，作品被譯成英、法、日、韓、荷蘭、瑞典等文，並收入各大詩選，包括《中國當代十大詩人選集》。

洛夫寫詩、譯詩、教詩、編詩歷四十餘年，著作甚豐，出版詩集《時間之傷》等廿二部，散文集《一朵午荷》等四部，評論集《詩人之鏡》等四部，譯著《雨果傳》等八部。二〇一八年三月初出版最後一本詩集《昨日之蛇》。

過黑髮橋

覃子豪

佩腰刀的山地人走過黑髮橋
海風吹亂他長長的黑髮
黑色的閃爍
如蝙蝠竄入黃昏

黑髮的山地人歸去
白頭的鷺鷥，滿天飛翔
一片純白的羽毛落下
我的一莖白髮
溶入古銅色的鏡中
而黃昏是橋上的理髮匠
以火焰燒我的青絲

我的一莖白髮
溶入古銅色的鏡中
而我獨行
於山與海之間的無人之境

港在山外
春天繫在黑髮的林裡
當蝙蝠目盲的時刻
黎明的海就飄動著
載滿愛情的船舶

註：黑髮橋為臺東去新港途中之一橋名。

作者簡介

——覃子豪（1912-1963），詳見本書頁七四。

狼之獨步

紀弦

我乃曠野裡獨來獨往的一匹狼。
不是先知，沒有半個字的嘆息。
而恆以數聲淒厲已極之長嗥
搖撼彼空無一物之天地，
使天地戰慄如同發了瘧疾，
並颳起涼風颯颯的，颯颯颯颯的；
這就是一種過癮。

作者簡介

——紀弦（1913-2013），詳見本書頁四八。

咀嚼

陳千武

下顎骨接觸上顎骨，就離開。把這種動作悠然不停地反復。反復。牙齒和牙齒之間挾著糜爛的食物。（這叫做咀嚼）。

——就是他，會很巧妙地咀嚼。不但好咀嚼，而味覺神經也很敏銳。

剛誕生不久且未沾有鼠臭的小耗子。
或滲有鹼味的蚯蚓。
或特地把蛆蟲叢聚在爛豬肉，再把吸收了豬肉的營養的蛆蟲用油炸……
或用斧頭敲開頭蓋骨，把活生生的猴子的腦汁……
——喜歡吃那些怪東西的他。

下顎骨接觸上顎骨，就離開。——不停地反復著這種似乎優雅的動作的他。喜歡吃臭豆腐，自誇賦有銳利的味覺和敏捷的咀嚼運動的他。

坐吃了五千年歷史和遺產的精華。
坐吃了世界所有的動物，猶覺饕然的他。
在近代史上
竟吃起自己的散慢來了。

作者簡介

——陳千武（1922-2012），本名陳武雄，以筆名桓夫寫作現代詩，以陳千武的名字寫小說。笠詩社發起人之一。陳千武作為一個跨越世代，跨越語言的臺灣作家，戰後勤學中文，創作新詩、小說、兒童文學與翻譯不輟，創作力豐富，計已出版作品集三十餘冊。其短篇小說作品《獵女犯》獲得「吳濁流文學獎」，後改題為《活著回來》，重新出版，該書包含十五個短篇小說，是臺灣志願兵活生生的太平洋戰爭經驗，同時也是一個作家對戰爭、人性，以及生命本質最深沉的思索。《求生的慾望》獲得「洪醒夫小說獎」。又獲得日本地球詩社詩創作獎。著作有《陳千武詩集》（日文譯本）、《臺灣新詩論集》、《詩的啟示》、《媽祖的纏足》、《拾翠逸詩文集》、《徬徨的草笛》、《花的詩集》、《密林詩抄》、《不眠的眼》、《野鹿》、《剖伊詩稿》等。

1964

信鴿

陳千武

埋設在南洋
我底死，我忘記帶回來
那裡有椰子樹繁茂的島嶼
蜿蜒的海濱，以及
海上，土人操櫓的獨木舟……
我瞞過土人的懷疑
穿過並列的椰子樹
深入蒼鬱的密林
終於把我底死隱藏在密林的一隅
於是
在第二次激烈的世界大戰中
我悠然地活著

雖然我任過重機槍手
從這個島嶼轉戰到那個島嶼
沐浴過敵機十五糎的散彈
擔當過敵軍射擊的目標
聽過強敵動態的聲勢
但我仍未曾死去
因我底死早先隱藏在密林的一隅
一直到不義的軍閥投降
我回到了——祖國
我才想起
我底死，我忘記帶了回來
埋設在南洋島嶼的那唯一的我底死啊
我想總有一天，一定會像信鴿那樣
帶回一些南方的消息飛來——

作者簡介

——陳千武（1922-2012），詳見本書頁一一二。

1964

我的妝鏡是一隻弓背的貓

蓉子

我的妝鏡是一隻弓背的貓
不住地變換它底眼瞳
致令我的形像變異如水流

一隻弓背的貓　一隻無語的貓
一隻寂寞的貓　我底妝鏡
睜圓驚異的眼是一鏡不醒的夢
波動在其間的是
時間？　是光輝？　是憂愁？

我的妝鏡是一隻命運的貓
如限制的臉容　鎖我的豐美於

它底單調　我的靜淑
於它底粗糙　步態遂倦慵了
慵困如長夏！

捨棄它有韻律的步履　在此困居
我的妝鏡是一隻蹲踞的貓
我的貓是一迷離的夢　無光　無影
也從未正確的反映我形像。

作者簡介

——蓉子（1928-），詳見本書頁六〇。

菩提樹下

周夢蝶

誰是心裡藏著鏡子的人呢？
誰肯赤著腳踏過他底一生呢？
所有的眼都給眼矇住了
誰能於雪中取火，且鑄火為雪？
在菩提樹下。一個只有半個面孔的人
抬眼向天，以嘆息回答
那欲自高處沉沉俯向他的蔚藍。

是的，這兒已經有人坐過！
草色凝碧。縱使在冬季
縱使結跏者底跫音已遠逝
你依然有枕著萬籟

與風月底背面相對密談的欣喜。

坐斷幾個春天？
又坐熟多少夏日？
當你來時，雪是雪，你是你
一宿之後，雪既非雪，你亦非你
直到零下十年的今夜
當第一顆流星驊然重明

你乃驚見：
雪還是雪，你還是你
雖然結跏者底跫音已遠逝
唯草色凝碧。

作者謹按：佛於菩提樹下，夜觀流星，成無上正覺。

作者簡介

——周夢蝶（1921-2014），詳見本書頁九五。

1966

雙人床

余光中

讓戰爭在雙人床外進行
躺在你長長的斜坡上
聽流彈，像一把呼嘯的螢火
在你的，我的頭頂竄過
竄過我的鬍鬚和你的頭髮
讓政變和革命在四周吶喊
至少愛情在我們的一邊
至少破曉前我們很安全
當一切都不再可靠
靠在你彈性的斜坡上
今夜，即使會山崩或地震
最多跌進你低低的盆地

讓旗和銅號在高原上舉起
至少有六尺的韻律是我們
至少日出前你完全是我的
仍滑膩，仍柔軟，仍可以燙熟
一種純粹而精細的瘋狂
讓夜和死亡在黑的邊境
發動永恆第一千次圍城
為我們循螺紋急降，天國在下
捲入你四肢美麗的漩渦

作者簡介

——余光中（1928-2018），詳見本書頁七九。

流浪人

羅門

被海的遼闊整得好累的一條船在港裡
他用燈拴自己的影子在咖啡桌的旁邊
那是他隨身帶的一種動物
除了它　娜娜近得比什麼都遠

把酒喝成故鄉的月色
空酒瓶望成一座荒島
他帶著隨身帶的那條動物
朝自己的鞋聲走去
一顆星也在很遠很遠裡
　　帶著天空在走

明天　當第一扇百葉窗
　　將太陽拉成一把梯子
他不知往上走　還是往下走

作者簡介

——羅門（1928-2017），詳見本書頁八三。

半流質的太陽

阮囊

星期六去看海，成為我同情存在主義的唯一理由
因此，你也同情我的獨來獨往，介於遊俠與牧師間的雙重氣質
在我，存在乃湮入蒼茫的哲境，星光閃動，你在其中。

不同的星期六，你在不同的方位表現你的存在
我想，存在也是一陣旋轉
形而上的旋轉

你不喜歡吃魚
我不喜歡魚骨的結構
魚不喜歡我們看海
海不喜歡希臘的沉船

你說，存在也是一組連鎖反應，也是玩了再玩的積木遊戲。

還是看半流質的太陽吧
穿過船纜，穿過魚市，穿過不變的對價觀念
因此，存在也是一沒縷花的贗幣
因此，我們的目光交錯，超現實的痛楚交錯。

作者簡介

——阮囊（1928-2018），本名阮慶濂，為藍星詩人。

1967

如果遠方有戰爭

余光中

如果遠方有戰爭，我該掩耳
或是坐起來，慚愧地傾聽？
應該掩鼻，或該深呼吸
難聞的焦味？　我的耳朵應該
聽你喘息的愛情或聽榴彈
宣揚真理？　格言、勳章、補給
能不能餵飽無饜的死亡？
如果有戰爭煎熬一個民族，在遠方
有戰車狠狠地犁過春泥
有嬰孩在號啕，向母親的屍體
號啕一個盲啞的明天
如果有尼姑在火葬自己

寡慾的脂肪炙響絕望
燒曲的四肢抱住涅盤
為了一種無效的手勢。　如果
我們在床上，他們在戰場
在鐵絲網上播種著和平
我應該惶恐，或是該慶幸
慶幸是做愛，不是肉搏
是你的裸體在懷裡，不是敵人
如果遠方有戰爭，而我們在遠方
你是慈悲的天使，白羽無疵
你俯身在病床，看我在床上
缺手、缺腳、缺眼、缺乏性別
在一所血腥的戰地醫院
如果遠方有戰爭啊這樣的戰爭
情人，如果我們在遠方

作者簡介

——余光中（1928-2018），詳見本書頁七九。

1967

聲音

杜潘芳格

不知何時，唯有自己能諦聽的細微聲音，
那聲音牢固地，上鎖了。

從那時起，
語言失去了出口。

現在，只能等待新的聲音，
一天又一天，
嚴肅地忍耐地等待。

作者簡介

——杜潘芳格（1927-2016），臺灣客籍女詩人，被稱為跨越語言的一代。生於新竹新埔客家望族，一九六五年加入強調本土意識的笠詩社，八〇年代開始積極從事客語詩的創作。九〇年代曾任《臺灣文藝》雜誌社社長，女鯨詩社社長；一九九二年年以北京語、英語與日語寫成的詩集《遠千湖》，獲第一屆陳秀喜詩獎。二〇〇七年獲行政院客委會頒發「傑出貢獻獎」及「臺灣新文學貢獻獎」。二〇〇八年獲真理大學臺灣文學家牛津獎。主要作品有《中元節》、《平安戲》、《紙人》、《菜園》等。

延陵季子掛劍

楊牧

我總是聽到這山岡沉沉的怨恨
最初的飄泊是蓄意的，怎能解釋
多少聚散的冷漠？罷了罷了！
我為你瞑目起舞
水草的蕭瑟和新月的寒涼
異邦晚來的擣衣緊追著我的身影
嘲弄我荒廢的劍術。這手臂上
還有我遺忘的舊創呢
酒酣的時候才血紅
如江畔夕暮裡的花朵

你我曾在烈日下枯坐——

一對瀕危的荷芰：那是北遊前
最令我悲傷的夏的脅迫
也是江南女子纖弱的歌聲啊
以針的微痛和線的縫合
令我寶劍出鞘
立下南旋贈予的承諾……
誰知北地胭脂，齊魯衣冠
誦詩三百竟使我變成
一介遲遲不返的儒者！

誰知我封了劍（人們傳說
你就這樣念著念著
就這樣死了）只有簫的七孔
猶黑暗地訴說我中原以後的幻滅
在早年，弓馬刀劍本是
比辯論修辭更重要的課程

自從夫子在陳在蔡
子路暴死，子夏入魏
我們都悽惶地奔走於公侯的院宅
所以我封了劍，束了髮，誦詩三百
儼然一能言善道的儒者了……

呵呵儒者，儒者斷腕於你漸深的
墓林，此後非俠非儒
這寶劍的青光或將輝煌你我於
寂寞的秋夜
你死於懷人，我病為漁樵
那疲倦的划槳人就是
曾經傲慢過，敦厚過的我

作者簡介

——楊牧（1940-），臺灣花蓮人，東海大學畢業，美國愛荷華大學（Iowa）碩士，柏克萊（Berkeley）加州大學博士；現任國立東華大學榮譽教授。著有散文、詩集、戲劇、評論、翻譯、編纂等中英文五十餘種。

1970

吃西瓜的六種方法

羅青

第五種　西瓜的血統

沒人會誤認西瓜為隕石
西瓜星星，是完全不相干的
然我們卻不能否認地球是，星的一種
故而也就難以否認，西瓜具有
星星的血統

因為，西瓜和地球不止是有
父母子女的關係，而且還有
兄弟姊妹的感情——那感情
就好像月亮跟太陽太陽跟我們我們跟月亮的

一，樣

第四種　西瓜的籍貫

我們住在地球外面，顯然
顯然，他們住在西瓜裡面
我們東奔西走，死皮賴臉的
想住在外面，把光明消化成黑暗
包裹我們，包裹冰冷而渴求溫暖的我們

他們禪坐不動，專心一意的
在裡面，把黑暗塑成具體而冷靜的熱情
不斷求自我充實，自我發展
而我們終究免不了，要被趕入地球裡面
而他們遲早也會，衝刺到西瓜外面

第三種　西瓜的哲學

西瓜的哲學史
比地球短，比我們長
非禮勿視勿聽勿言，勿為——
而治的西瓜與西瓜
老死不相往來

不羨慕卵石，不輕視雞蛋
非胎生非卵生的西瓜
亦能明白死裡求生的道理
所以，西瓜不怕侵略，更不懼
死亡

第二種　西瓜的版圖

如果我們敲破一個西瓜
那純粹是為了，嫉妒
敲破西瓜就等於敲碎一個圓圓的夜
就等於敲落了所有的，星，星
敲爛了一個完整的，宇宙

而其結果，卻總使我們更加
嫉妒，因為這樣一來
隕石和瓜子的關係，瓜子和宇宙的交情
又將會更清楚，更尖銳的
重新撞入我們的，版圖

第一種　吃了再說

作者簡介

——羅青（1948-），本名羅青哲，湖南省湘潭縣人，生於青島。輔仁大學英文系畢業，美國西雅圖華盛頓大學比較文學碩士，曾任輔仁大學、政治大學英語系副教授，臺灣師範大學英語系所、翻研所、美術系所教授，中國語言文化中心主任。明道大學藝術中心主任、英語系主任。一九九三年獲傅爾布萊德國際交換教授獎。一九七四年獲頒第一屆中國現代詩獎，國內外獲獎無數，被翻譯成英、法、德、義、瑞典等十四種語言。畫作亦獲獎多次，並獲大英博物館、德國柏林東方美術館、加拿大皇家安大略美術館、美國聖路易美術館、中國美術館、遼寧省美術館、深圳畫院美術館、臺灣美術館、臺北美術館、深圳畫院美術館等國內外公私立美術館收藏。曾出版詩集、詩畫集、畫集、論文集、畫論集五十餘種。

1972 沒有神的廟

莫渝

在鄉村餓慌的神
跑到鬧市來
經商

跟他們一樣
也有自己的店鋪
白天
敞開大門
午夜
人神悄悄分贓
人拿走金錢

神
不！木頭
只要花枝招展的金裝

作者簡介

——莫渝（1948-），出生苗栗竹南中港溪畔。淡江文理學院畢業。曾任出版公司文學主編、《笠》詩刊主編。現任國立聯合大學臺灣語文與傳播學系兼任助理教授、年度詩選編選委員。長期與詩文學為伍，閱讀世界文學，關心臺灣文學。著有《莫渝文集》五冊、詩集《第一道曙光》、《革命軍》、《走入春雨》、《陽光與暗影》、《晨課》、《斑光：晨課2》、《畫廊：莫渝美術詩集》、《貓眼，或者黑眼珠：莫渝情詩集》；臺語詩集《春天ê百合》、《光之穹頂》等。散文與評論《臺灣詩人群像》、《臺灣詩人側顏》、《笠詩社演進史》等。翻譯《異鄉人》、《惡之華》、《比利提斯之歌》、《小王子》、《白睡蓮——法國散文詩精選》、《偶發事件》、《石柱集》等。

獸

蘇紹連

我在暗綠的黑板上寫了一隻字「獸」，加上注音「ㄕㄡˋ」，轉身面向全班的小學生，開始教這個字。教了一整個上午，費盡心血，他們仍然不懂，只是一直瞪著我，我苦惱極了。背後的黑板是暗綠色的叢林，白白的粉筆字「獸」蹲伏在黑板上，向我咆哮，拿起板擦，欲將牠擦掉，牠卻奔入叢林裡，我追進去，四處奔尋，一直到白白的粉筆屑落滿了講臺上。

我從黑板裡奔出來，站在講臺上，衣服被獸爪撕破，指甲裡有血跡，耳朵裡有蟲聲，低頭一看，令我不能置信，我竟變成四隻腳而全身生毛的脊椎動物，我吼著：「這就是獸！這就是獸！」小學生們都嚇哭了。

作者簡介

——蘇紹連（1949-），一九六五年開始寫詩，參與創立「後浪詩社」、「龍族詩社」、「臺灣詩學季刊社」等三個詩社。其思維嚴謹，作品豐沛，全心致力於散文詩、超文本詩、無意象詩的創作，並於二〇〇五年起醉心於攝影，思索詩與攝影的關係。著有《驚心散文詩》、《隱形或者變形》、《童話遊行》、《少年詩人夢》、《時間的零件》、《鏡頭回眸——詩與影像的思維》、《無意象之城》等十多種著作。曾獲中國時報文學獎詩獎、聯合報文學獎詩獎、年度詩選詩人獎等獎項，是臺灣代表性的詩人之一。曾任《吹鼓吹詩論壇》主編，策劃眾多詩創作重要的議題專輯。蘇紹連的創作求新求變，開拓不同的領域，長期居於前鋒尖端而努力不懈。

讀信

蘇紹連

撕開信封，妳信紙上的那些黑字游出來。⋯⋯

那些黑字興奮地向四面八方游去，然後，自四面八方艱苦地向我游來。每個字均含著淚光，浮浮沉沉地游著，游到了我的身體上。⋯⋯

有的字在我的袖子裡潛泳，有的字停泊在我的臂灣中，有的字失去知覺，在我的口袋裡沉下去，有的字抽了筋，掉在我的膝蓋上，有的字嗆了水，擱淺在我的衣領上，有的字被我的食指彈回去，有的字在我的鼻梁上嬉戲浪花，有的字在臉頰上的淚珠裡仰泳，有的字被我的眼睛救起，有的字渡不到我身上，便流失。

從彼岸游到此岸，是這般興奮又這般艱苦嗎？

作者簡介

——蘇紹連（1949-），詳見本書頁一四四。

1975

熱蘭遮城

楊牧

1

對方已經進入了燠熱的蟬聲
自石級下仰視，危危闊葉樹
張開便是風的床褥——
巨礮生鏽。而我不知如何於
硝煙疾走的歷史中冷靜蹂躪
她那一襲藍花的新衣服

有一份燦爛極令我欣喜
若歐洲的長劍斗膽挑破
巔倒的胸襟。我們拾級而上

鼓在軍中響，而當我
解開她那一排十二隻鈕扣時
我發覺迎人的仍是熟悉
涼爽的乳房印證一顆痣
敵船在海面整隊
我們流汗避雨

2

敵船在積極預備拂曉的攻擊
我們流汗布署防禦
兩隻枕頭築成一座礮臺
蟬聲漸漸消滅，亞熱帶的風
鼓盪成波動的床褥
你本是來自他鄉的水獸
如此光滑如此潔淨

你的四肢比我們修長

你的口音彷彿也是清脆的
是女牆崩落時求救的呼喊
彷彿也是枯井的虛假
我俯身時總聽到你
空洞的回聲不斷

3

巨礮生鏽，硝煙在
歷史的斷簡裡飛逝
而我撫弄你的腰身苦惱
這一排綠油油的闊葉樹又在
等候我躺下慢慢命名

自塔樓的位置視之
那是你傾斜的項鍊一串
每一顆珍珠是一次戰鬥
樹上布滿火拚的槍眼

動人的荷蘭在我硝煙的
懷抱裡滾動如風車

4

默默數著慢慢解開
那一襲新衣的十二隻鈕扣
在熱蘭遮城，姊妹共穿
夏天易落的衣裳：風從海峽來
並且撩撥著掀開的蝴蝶領
我想發現的是一組香料群島啊，誰知

迎面升起的仍然只是嗜血的有著
一種薄荷氣味的乳房。伊拉
福爾摩莎，我來了仰臥在
你涼快的風的床褥上。伊拉
福爾摩莎，我自遠方來殖民
但我已屈服。伊拉
福爾摩莎。伊拉
福爾摩莎

——選自洪範書店出版《楊牧詩集II》

作者簡介

——楊牧（1940-），詳見本書頁一三五。

蔦蘿

向明

你是被風被雨被貧瘠揉得細細的一株蔦蘿
隔鄰的電吉他一響
就令人擔心的一種纖瘦

而你居然不慣使用耳朵
卻伸出眾多
攀援的掌
以破瓦缽為家
以防盜窗當天梯
以紅色的小喇叭花吹出
向上
向上

而你居然不知道
上面是四樓
即使是月落
也亮麗在老遠

作者簡介

——向明（1928-），本名董平，湖南長沙人。藍星詩社同仁。曾任《藍星詩刊》主編、臺灣詩學季刊社社長、年度詩選主編、文協及新詩學會理事、國際筆會（INTERNATIONAL P.E.N.）會員、國際華文詩人筆會主席團委員。曾獲文藝獎章、中山文藝獎、國家文藝獎、中國當代詩魂金獎，世界藝術與文化學院於一九八八年授予榮譽文學博士。作品詩及散文獲選國內外各大詩選文選，並為報紙專欄作家。出版有詩集十四冊，詩話及詩隨筆六冊、散文及童話各兩冊、譯詩集一冊、合編選集三冊。作品被譯成英、法、德、比、日、韓、斯洛伐克、馬來西亞等國文字。

1976

少林

溫瑞安

每次你讀我的詩，擊桌碎案
半個好字驚碎了半壁江山
你大大聲的讀我的詩
然後衝出長江劍室
門上的風鈴急搖
你笑不出來你哭

你哭道古典比古道更遙遠
在城市裡望夕陽
忽然驚覺馬鳴風蕭
那一去不復還的壯士
姓甚名誰，天下只有你我二人共知！

你說我不能死
我說茶要冷了
你挽袖提起了壺
壺裡只有一點水
搖響了時間的腳步
你臉色煞然變白
我拱手而退

你站起來就搖響了五嶽的骨骼
我揚袖激起了五湖的狂風
你飛身武夷，我落定泉州
清涼山上，你說寂寞
我唸佛經

你還要唸詩
第一首半生已涼

因為我忽然的愛
忽然地過了三生
驀然相遇在來世
唱了一個喏好像唱了一首歌

歌曾經慷慨激昂的唐宋
舞曾經皓首窮經的三蘇
你退身少林，卻仍苦練收復中原的金剛經
我大悲大笑。你狂舞。我仍無。

你武起風波亭上的遇刺
我舞起契丹的快意長弓
你說你寂寞
我說我遇到高手
我們被迫退入江湖
少林寺中，早課晚課。

你試圖早日白衣下山
我欣賞你高飛的步履像平地的鷹
你說你寂寞
我說黃河呢？長江呢？
從峨嵋落身到崑崙
舞在長安，歌在江南
武當成了懷念
少林成了看不見……

佛家也有一怒動天的獅子吼。
我幻化成菩薩千身
也禁不住一聲：要是風呢？
要是雨呢？要是你愛得不經意……
要是你想得不夠周到呢！
你像拈花一般的指

還未微笑就遇上受傷
我說你跟我上面壁臺吧
我們經過解劍岩

解下的是心不是劍
你說那就失去了
我說我們活過；
江湖是衝殺一陣才消失的浪
美麗的少女都愛過
愛過才知道愛的美麗
那真是愛……

當她的青魂出現在寺中
你才醒覺我退隱的理由
江湖上多少傷心事呵
你披上傷害像披上披風

然後繼續那尋尋覓覓的傷
你歌，你笑，你忽然失去戀愛
當她的水魂出現於井中
呵，我驚覺來世的約定已重現。
我又是一變哪……
楚之舞者，上一次讀妳是在什麼時候？
夏商周狼煙連連
我因而出家不為僧
而立地成廟
上山成古松
鐘聲連連
下山的是少年

楚之武者……自刎於烏江
有時候戀愛是一種甜美的自刎。
自己完成了自己，才發現是從悲到傷

寫了一千首詩才發現有一首沒寫
讀書時專讀你字旁的圈圈點點
春時山水環水而棄山
夏時下點小雨
秋時稻田有種愛戀
冬時寶鴨穿蓮
前天我上了芭山
昨天睡時夜雨
今天才看見
窗外種了芭蕉
其實我什麼地方也沒去……

楚之舞者……
明日騎蒙古的駿馬
後天風雲在西藏
當妳的幽魂水一般抹過庭院

楚之舞者……上一次見妳
上一次見妳是在……

為了苦思上一次的約定
下一次的再見
我出家成了少林
你下山報仇
才發現仇家是自己
我只好下山去找你
找到試劍山莊
只好寫成了詩
你第一個讀……

你長嘯風動雨搖，擊案碎桌
衝出來半步踏完了山莊
你說寫詩要是不激動得有話要說

就一生不寫詩
我說你去抱劍吧
我重上少林要成為鐘
你說你在江湖因為要代表少林
我說楚之武者……
你說不出來你長嘯！

作者簡介

——溫瑞安（1954-），祖籍廣東梅縣，生於英屬馬來亞霹靂州美羅埠火車頭，武俠小說作家。筆名有溫涼玉、舒俠舞、王山而、項飛夢、溫晚、柳眉色、風玲草等。其代表作《四大名捕》、《驚艷一槍》、《布衣神相》、《神州奇俠》等被多間電視公司多次改編。

1976

薔薇學派的誕生

楊澤

黃昏的一半。
陰鬱的注視在空氣中燃著
彷彿有人（彷彿沒有）
走進來，說「昨日……」
溫柔的聲音迅速凋落。而
手上的薔薇，飄散
一地。

黃昏的一半。
一朵朵薔薇的幻影在空氣中漂著
「為了向人們肯定一朵薔薇幻影的存在，
我們必須援引古代、援引象徵

甚至辯論一朵薔薇的存在？」

黃昏無限延長。
一朵朵薔薇的幻影在空氣中燃著
很多人走進來，說：「薔薇
開了，薔薇……」

黃昏無限延長。
一朵朵薔薇的幻影在空氣中亮著
「昨日以及今日
以及今日的幻影，以及
明日的幻影必然是
屬於薔薇學派的」

作者簡介

——楊澤（1954-），本名楊憲卿，臺灣嘉義縣人，國立臺灣大學外文系畢業、外文研究所碩士、美國普林斯頓大學博士。曾獲中國時報文學獎敘事詩優等獎、中國時報文學獎推薦獎等。著有詩集《薔薇學派的誕生》、《彷彿在君父的城邦》、《人生不值得活的》、《新詩十九首》等。

捉賊記

1977

羅青

洗完天天要洗的澡
洗天天要洗的內衣褲
詩人把洗淨的衣褲
安排在冷涼的星空間
把洗好的自己
安置在整潔的眠床上
準備睡覺——

書卷破舊隨侍一旁，抖擻肅立毫無倦意
書架之後廚灶之前，蚊蠅老鼠隱隱走動
此外，空氣祥和撫慰萬物
萬物安靜，相互守望

在詩人剛睡著的時候
子夜的時候

突然！風吹，門動，窗響
響似刀劍交擊
傢俱驚醒，影子逃散
散成駭人的鬼魅
乍明乍暗之間，似有小偷潛入
詩人倏地挺腰翻身，口中喊打，提筆便扔——
但見筆飛如矢——鏗然做聲，擊中一物
詩人箭步上前，探手抓來
堅冷渾圓，卻是鬧鐘
剎那，萬物又復安靜如常
但聞滴答之聲，震動屋瓦充塞宇宙
在詩人手握鬧鐘的時候

夜深的時候

事後——
詩人檢視門窗，不見異樣
細查箱櫃，不見短少
左清右點，方才恍然察知
失竊鬢髮數十把，亂夢十數堆
壯志十數頁，歲月數十年
而老鼠蚊蠅，依舊隱隱走動
大地旋轉如常，不問是非黑白
而書卷若無其事，依舊靜立一旁
星星垂查一切，欣然暗夜放光
在小偷偷詩人的時候
在詩人捉小偷的時候
在殘夜與黎明互相追逐的時候

作者簡介

——羅青（1948-），詳見本書頁一四〇。

1977

杏花饅頭

管管

昨夜吾在吾的小樓聽了半夜春雨
明朝深巷叫賣的卻是饅頭
就算叫賣的是杏花
也並非是那北地荒寒小村的杏花
就算是下了一夜的春雨
那荒寒小村的深巷裡
也不流行賣什麼杏花

吾心中的小樓是那北地荒寒小村的幾間草屋
並非是城中什麼小樓
而且孩子們也從來沒聽說過杏花可以賣
也更沒聽說過可以叫賣饅頭

因為每年杏花總是滿村滿園的開
饅頭呢總是從娘的手裡拿來

杏花並不嫌吾們的小村荒寒
每年每年總是把吾們的小村開遍
孩子也不嫌媽媽給的不是饅頭
每天每天總是把吾們的小肚填滿

作者簡介

——管管（1928-），本名管運龍，中國人，山東人，膠縣人，青島人，臺北人。寫詩八十多年，寫散文四十多年，畫畫七十多年，喝酒六十一年，戒菸五十多年，罵人七十多年，唱戲六十五年，看女人七十年七個月，迷信鬼怪八十九年，吃大蒜八十八年零七天，單戀六十九年零二十八天；結婚十九年，妻一女一子二。好友六十六，朋友四千多，仇人半隻。曾演出《六朝怪譚》、《策馬入林》、《超級市民》、《梁祝》、《掌聲響起》、《暗戀桃花源》、《52赫茲，我愛你》、《暑假作業》等電影、電視、舞臺劇三十三部之多。

彷彿在君父的城邦（一、二、三）

楊澤

之一

彷彿在君父的城邦，午後竟有劍一樣的
光芒兀自閃耀。玉珮
風響，我兀坐
而起——聽見室外越過天空
激鳴而逝的馬嘶

這就是了——在古代，
被遺忘的河邊，我們將加倍尋回與失落
——一如在詩中——我們失去的一切。
我背坐水涯，夢想河的

上游有源遠的智慧與愛
夢想河的上游，龍族
方在平原上定居，幼麟奔過
均富的夢中帶來了美麗的器飾文字，
玉的象徵，大地與國人的永恆婚慶。
我背坐水涯，神思夢想：
沉痛感慨的詩行啊，我是我
我不是我

我不是我——長夜裡
我目睹我在長夜裡牽馬行走
衰世在前，亂世在後
獲麟以前，我在傾頹的宗廟
沒落的朝代間牽馬行走
徘徊尋找住宿的地方

（在昔日的河上，夫子，在晝夜滔滔的雄辯裡，我的懷疑是中流最沉默的一塊磐石；我的懷疑是晨草上閃爍的霜露——唉，我一夜思維罔然的結果⋯）

我在萬古的長夜裡牽馬行走，徘徊尋找住宿的地方
越過焚殺的秦火，我默然預見了
門人在夫子左右的崇位；我默然預見了
書籍的命運，未來世代
束髮學童弦歌背誦，夫子話語的泉源與無窮腳註
我親眼默然預見了這些——遙遠遙遠的事
我，一個政治流亡者與歷史
命定論者，在長夜裡牽馬徘徊
憂憤在前，苦難在後⋯
（坐在桌前沉思這些，歷史相對的祇是午後窗前紛亂的光影，穿過重重死者虛無憤懣的臉，落在一部攤開的編年紀，落在我的桌前。憂憤在前，苦難在後——相對於歷史，沉痛感慨的詩行啊，你是什麼？⋯）

宗廟相繼傾頹，朝代陸續誕生
我坐在被遺忘的河邊，目睹
另一個自己在長夜裡牽馬徘徊；
我背坐水涯，夢想河的
上游有不朽的智慧與愛
（那是，啊，我們長久失去了的君父的城邦）
我背坐水涯，觀望猶疑：
沉痛感慨的詩行啊，莫非你就是我在詩人額上見證到的
一種顛沛困頓的愛⋯

（一九七七年冬天，死者行列中，一貫的靜默是可畏的。他們在我的夢裡缺乏表情的傳遞火
把，且把那支巨大的火把強行塞進我的手中⋯）

宗廟繼續傾頹，朝代陸續誕生
我背坐水涯，沉思玉的象徵，劍的
光芒，以及麟的存在⋯

沉痛感慨的詩行啊，假如歷史是你，你是
歷史——則玉珮風響
我親耳聽見的是怎樣的一種馬嘶
激鳴越過室外的天空……

之二

十九大雪。

祇是一陣焦急落寞的黃昏雨
兀然自蕭條的異代奔沓而來。
從窗前望去，園中
風荷殘若午夜的遊魂，斗大的
雨滴裡我依稀看見：
那人蒼涼的身影
一閃而逝

他除下簑衣，把沾雪的
笠帽置於桌前（我可以感覺到
那背對著我的風雪與憂患）
說：「日月于邁，你們
是否漸已忘了那江雪的故事；忘了
悠悠千載，啊，那獨釣的
遺恨…

「日月于邁而牽罟江雪未溶，你們
當還深記那渡江之日，枕藉的
屍骸曾是多少故國衣冠
血流川谷，交錯的骨肉
憑誰問是君父遺物與昔往盛世
雨雪霏霏，雨雪霏霏
侵據了大地的版圖

漫漫江雪，君父的城邦就此
永淪其中⋯

他背手在室內踟躕，沉重的
步伐我不知如何衡量；在
窗外風雪激昂的呼聲中依稀是
簍中水族的低吟：
「噫，君父的城邦與乎故國衣冠，在
茫茫釣絲下多麼像一片
破碎而真實的幻影——經歷了
滄桑變化，又以那再生魚龍的
愛情與繁殖默默感知我
導引我⋯

「嗚呼，千古冰雪未溶
君父城邦未復，我如何

把我未酬的志願遺留給你們：
請解除我
獨釣的遺恨⋯

他始終背對著我。像高亢的歷史
在窗外玉碎成一陣焦急落寞的黃昏雨。
像——遙不可及的國土上
無始無終的大雪下著⋯

之三

再一次江山寥落；
玉碎的聲音從迴廊那端
應聲傳來。飛簷蒼老
無語欄杆
日暮的時候，漢宮

無人（輕煙散入
遠方的人家）
徘迴彳亍，彷彿是
秉傳蠟燭的宮人
百代之後，悄然獨行

世事殘陽外，我也曾因言賈禍
憤懣賁張一如太學裡的群生
登高望遠，感懷慷慨
在現世的歡愉與
歷史的愴楚裡：恰似
沒落的樓牆楹柱被
俗豔的紅漆掩蓋
千載後，市井傳來
是誰狂狷的歌哭，呼嘯
大醉而去

千載後，萬里
空晴的高速道旁
我親睹那人，靜靜俯身於駕駛盤前：
莊生曉夢
迷
蝴
蝶
……

歲在戊午
西元一九七八年的暮春，他們在東部
大興土木，構築豪華的飯店旅館
但是當我想到，淒涼
破敗的西京啊
猶在重重的火獄中……

莽碭山！莽碭山！
建國前夕的長夜，斬蛇
開徑的傳奇竟暗寓著
歷史的永劫回歸
白帝子啊白帝子
當你屈服於寶劍下，身裂為二
我彷彿目睹你森冷的眼神
暗示著即將到來的
永恆的劫難⋯⋯

世事殘陽外，我也曾專心致志
意欲成為埋首古文物的一名故宮研究員
百官之美，廟堂
之富，在零亂的
劫灰之餘，何以
重鑄邦國的大鼎，重拾

茫茫的墜緒
世事殘陽外，我也曾啊也曾
描繪商鼎的繁文美采
印證先民之志若存若滅
歷千朝百代而耿耿長存

頹牆敗垣，玉碎瓦全
他們在熊熊的火獄中
挖出了古代的君父城邦

飛簷問天，欄杆
幽泣，他們在
永恆的火獄中開始了
文化重建的工作……

作者簡介

——楊澤（1954-），詳見本書頁一六五。

1979

與李賀共飲

洛夫

石破
天驚
秋雨嚇得驟然凝在半空
這時，我乍見窗外
有客騎驢自長安來
背了一布袋的
駭人的意象
人未至，冰雹般的詩句
已挾冷雨而降
我隔著玻璃再一次聽到
羲和敲日的叮噹聲
哦！好瘦好瘦的一位書生

瘦得
猶如一枝精緻的狼毫
你那寬大的藍布衫，隨風
湧起千頃波濤

嚼五香蠶豆似的
嚼著絕句。絕句。絕句。
你激情的眼中
溫有一壺新釀的花雕
自唐而宋而元而明而清
最後注入
我這小小的酒杯
我試著把你最得意的一首七絕
塞進一隻酒甕中
搖一搖，便見雲霧騰升
語字醉舞而平仄亂撞

甕破，你的肌膚碎裂成片
曠野上，隱聞
鬼哭啾啾
狼嗥千里

來來請坐，我要與你共飲
這歷史中最黑的一夜
你我顯非等閑人物
豈能因不入唐詩三百首而相對發愁
從九品奉禮郎是個什麼官？
這都不必去管它
當年你還不是在大醉後
把詩句嘔吐在豪門的玉階上
喝酒呀喝酒
今晚的月，大概不會為我們
這千古一聚而亮了

我要趁黑為你寫一首晦澀的詩
不懂就讓他們去不懂
不懂
為何我們讀後相視大笑

作者簡介

——洛夫（1928-2018），詳見本書頁一〇六。

一棵開花的樹

1980

席慕蓉

如何讓你遇見我
在我最美麗的時刻　為這
我已在佛前　求了五百年
求祂讓我們結一段塵緣

佛於是把我化作一棵樹
長在你必經的路旁
陽光下慎重地開滿了花
朵朵都是我前世的盼望

當你走近　請你細聽
那顫抖的葉是我等待的熱情

而當你終於無視地走過
在你身後落了一地的
朋友啊　那不是花瓣
是我凋零的心

作者簡介

——席慕蓉（1943-）祖籍蒙古，生於四川，童年在香港度過，成長於臺灣。畢業於比利時布魯塞爾皇家美術學院，專攻油畫。著作有詩集、文集、畫冊及選本等五十餘種，被譯為多國文字。近二十年來潛心於原鄉書寫，並為內蒙古大學、寧夏大學、南開大學等校的名譽教授，內蒙古博物院特聘研究員，鄂溫克族及鄂倫春族的榮譽公民。

因為風的緣故

洛夫

昨日我沿著河岸
漫步到
蘆葦彎腰喝水的地方
順便請煙囪
在天空為我寫一封長長的信
潦是潦草了些
而我的心意
則明亮亦如你窗前的燭光
稍有曖昧之處
勢所難免
　因為風的緣故

此信你能否看懂並不重要
重要的是
你務必在雛菊尚未全部凋零之前
趕快發怒，或者發笑
趕快從箱子裡找出我那件薄衫子
趕快對鏡梳你那又黑又柔的嫵媚
然後以整生的愛
點燃一盞燈
我是火
隨時可能熄滅
　因為風的緣故

作者簡介

——洛夫（1928-2018），詳見本書頁一〇六。

1981

問聃

羅智成

「來，」他說：「……仔細看我……」
「仔細地……」他緩緩移動。
落葉飛向星空，菌類競相萌芽
「你看見什麼？」
「智慧。」
「智慧？」他楞了一下：「我不是指這個……
——還有什麼？」
「死亡。」
清澄，沒有悲傷的陰影的死亡
就只是自然現象般的死亡
「您要不要也看看我？」
「但我太老，目光眊鈍……」

「試試看？」
「一些笙樂……
相對於巨大的溪澗而太顯侷促的山水……」
蛾撞在窗上
「是不是也有死亡？」
但是百花沿著乾涸的河床盛綻。

—沙

1

沙礫游行在泥版與窯洞的街市
車駕過隙便揚起
許久，又散落在陶器與耕具上
手工的街景更形粗舊。
沙礫浮在汲水的井以及
婦女的布衫上

旅者眼底一片迷濛
左側的柴店堆滿了荊棘
右側的鋪子磨刀霍霍
而沙與岩石對峙……

=洛陽

2

過了小米田，溝下的葛藟和農人的野炊
南宮敬叔說，就到洛陽了，夫子。
在那，短松崗下，就是河，濃稠的河
對岸，就是洛陽，日薄西山的落陽
大師的童僕，已在路旁守候
蠅蚋也因人煙而聚集——
夫子，
再經過窮人的怨詈

富人的驕狂
我們就將進入洛陽，陳舊
木製的洛陽……
我們的馬有些闌珊，人有些困疲
雁禮發出熏人的醃味
還有一包裹的疑惑
等待得道的廚師來治理
饗我們轆轆的飢腸。

3

走過傾頹的樑木
苔侵的舞雩和年久失修的彩虹
我們來到旗桿下方
衰敗的旌旗淪為蝙蝠的巢穴
他們在暮色中跌撞。
夫子

你金色的額頭上
那些深思的紋路
變動，像夏至的黃河
像神祕的書契
在回風中辯駁……
仰望你重重心事
山峰也節節升起
民如蓍草
當變亂龜裂了古老的典範
我頹然卜出你心中的憂傷

三子曰

4

在那乾涼的方場
嬉戲的孩童圍車奔繞

灼亮的眼神，像岩峭之中的玉礦
清明不掩的人性因無知而理直氣壯
在那乾涼的方場
我遇見一個矯健的男孩
他桀傲坦蕩地對我打量
卻也暗含謙遜守禮的形象
在善惡環伺之下
這是多麼令人著迷的神奇質料
創製出完備的文明和
令人傷痛的景象

5

現在我們來到原先最熱鬧的街道
只是市集已散，樹影幢幢
白天雜耍的夷狄正圍火低歌
在一片蒺藜底下

拐過轉角
便是塵封了先人智慧的地方
我們得好好觸撫這一片宮牆
步行
沿著德行沒落的方向
來到荒蕪的井田中央。

6

什麼事物，在歷史的初期
便使我們濃重地懷鄉？
什麼事物，像稀落的竹籬
心念所及，就一鞭鞭抽打在心坎？
為何那堅固的基業只能口傳給後代？
堯舜的國度怎會淪落成歌謠和臆想？
現在，我要整理一下衣冠
走過這腐朽的柱廊

他人苦心與愚昧的震撼
都使我的靈魂悽悽搖晃。

7

柏樹盡頭
他們長久地維持陵墓的光亮
典章文物的盡頭
有縱恣的笑聲說
「而一切原本井井有條……」

8

一切原本井井有條
只要我們曉得去尊重事物
把不落實的北辰懷藏在心
適當地為優雅容忍功利上的損失
居家的時候

配戴玉珮、種植蘭花
或樸實的植物
每走一步路
都因為踏在厚實的土壤上
而滿懷欣喜

9

那些在最表面的事物上賣弄聰慧的人
在我們的船上鑿解渴的井
我總是不能釋懷
那些掙出牢籠的亡羊
在蟲蛇出沒的沼地盼顧
我總是不能釋懷
那些尊榮的麟獸
成為沒有惡意的餐桌上的佳餚
我總是不能釋懷

那些躍出人性的柵欄
又得意且必然走進人性更差的牢籠的人
我總是不能釋懷

10

現在，我來到中心甬道的出口
我摸索許久
不知迎面而來的是草原的晨曦或沙漠的永夜
在顛簸的思路裡，我時常遲疑……
傳言中的人
會不會又是個狡黠的智者
在痛苦擾攘的亂世高蹈取寵
急智的對白愚弄了樸拙的真理？
叫我們聽遠方的風雷，看遠方的螻蟻
卻忘了手中折損的斧頭
告訴我們不要接受

損失一件皮裘的哀傷
所以先焚毀整整一座座倉房？
我不願再聽見這樣的話

11

當強者視德行為藩屬
治理他能力所不能到的地方
弱者視德行為牽絆他人的
自保的藩籬
而且人人都私下要求了例外
我們是不是錯估了人性所嚮往？
這些，我要問問他
當長久以來我們所憑藉的
拘謹，感性的封邑（啊飢饉的封邑）傾搖
我們要不要，再逗留一會？再低思一會？
還是扶老攜幼驟然投向新識的不關心的真理？

我要問問他
在好惡與事物的變遷中有沒有顛仆不移的雲朵？
這些，我要問問他

12

出喪的時辰遇見日蝕怎麼辦
這些我要問問他

Ⅳ龍

13

在曠室半晌
我才發現到他。
坐落於灰色的長衣裡
像塵封的日晷丈量黑夜

笑容有待客的勤懇
又似無人在旁
眸光內斂而結實
像包不住廣大的風景而緊繃
又像只為看一粒沙子而從容
又像龍蟄睡泥沼
滿是對人世的熟悉與慵懶
在曠室半晌
我才發現到他

14

我疑惑的長者
極可能為異獸所冒充
看不出任何和我相仿的地方
也看不出熟悉的智慧和信息
他不時隱遁於背景中

無從捉摸
突然瘦癯的身軀移動
漲大了許多
整條蟠曲的靈魂終於舒展開來
麟光閃閃
延樑柱而上。
在吐一些氣
竟和星辰間的潮汐
大地的生息、雲霞的步伐
和諧一致
為時尚早的春天呼之欲出
外頭的夜空
有流水的清澈
話語遲遲未出口

15

我戒備著的智者
像條長蛇
幻影成千，氣勢綿綿
他盤踞了整座屋宇
並指揮整個天空
起先整個宇宙都敵對著他
但他卻消失了蹤跡
我也消失了戒意

16

我說：
「一切原本井井有條。」
他說：
「不可能的。」
他低低地說
像睡著了

像蕭的六孔
輕輕發聲
聲聲具體，成為陶醉的螢火蟲
「不可能的……」
又有四隻玄祕的螢火蟲
在灰濛的室內由弱而強的真實……

17

「每個時期
在有心人的眼裡
都是亂世
都是末世。」
室內由於驟增的螢蟲而轉亮
他深奧的面孔
因牽動而百感俱發
似寐似醒

似言未言
似悲憫似嘲諷
似關切似盲目
我置身甬道出口
一片漆黑，望見山下的燈火
想不出接下句話

18

但在沉默的時刻
他又急速萎縮
怕他在案前蛻化消失
我急問：「那何時才是盛世？」
我問得膚淺唐突
他沒有回答
不再回答
螢火蟲陸續飛出

整整一個時辰我不敢動彈
怕驚擾了已變得十分細小的他
但他確實已不在屋內

19

冗長的暈眩
我不敢開啟窗牖
面對他的時刻
整座屋宇也乘著大氣
運行
現在，
也許還沒繞到原先出發的地方

20

枯坐案前
我注視最後一隻螢火蟲

室內一片死寂
「也許該說，相對於理
想每一時代都是亂世。
」我思索。
「但是真理的路如此寬廣
雖是一個方向
兩邊卻無際涯……」
在發話的地方
另群螢火蟲的照射下
他像未曾離去在原先的位置
這次我千百倍興奮於起始
像迷途的夜客
望見百里外的燈火
就想叩門
我叫
「大師，」情不自禁

在適才的期待裡，我竟虛脫了自己

21

我汗涔涔問

「關於那些法則、典範……」

「沒有世界比現在的更真實……」

「但我珍藏的藍圖……」

「沒有世界比你的努力更真實……」

「我知道了！」

「我知道。」

「我愛它……」

「我知道。」

「所以計較……」

「我知道。」

「所以不滿——我依賴它……」

「我知道。」

這時滿屋的螢火蟲快速飛舞
使得屋內愈加明亮
「我們有相同的部分嗎？」
「我知道……我知道的部分，我們都相同。」
而我知道一切……
即使一切之中有我不知道的部分
所以我們相同。
所以和他們也相同……

V古代

22

因此我毋庸多問了
走到微霧的室外
晨曦還沒照到最高的枝頭
「不要急！」

像一個緊緊靠在身邊的人，他說：

23

「中國的古代才開始……」

作者簡介

——羅智成（1955-），詩人、作家、媒體工作者、文化觀察者。臺大哲學系畢業，美國威斯康辛大學東亞所碩士、博士班肄業。曾經長時期參與多種媒體的經營管理，如：報紙、雜誌、電臺、電視製作、出版及通訊社等；也曾擔任過相關公職。現為文化創意事業負責人。著有詩集《畫冊》、《傾斜之書》、《寶寶之書》、《光之書》、《泥炭紀》、《擲地無聲書》、《黑色鑲金》、《夢中書房》、《夢中情人》、《夢中邊陲》、《地球之島》、《透明鳥》、《諸子之書》等，詩劇《迷宮書店》，散文或評論《亞熱帶習作》、《文明初啟》、《南方朝廷備忘錄》，攝影集《遠在咫尺：羅智成攝影之旅》。

離騷

羅智成

你知道，南方
是特經許諾的……
多情的巫祝很相信這些

那時中國還未成形
羲和的車駕只到淮水，最多長江
一直到顓頊——我的祖先
聖王的血，解凍，南流
又過了幾千年
他的血統流到了郢
郢那時不過是一片沼澤啊
退隱的神祇和精靈

充塞於大氣中

整個雲夢——哎，整個雲夢
都是蘭花啊！

又過了幾百年
霧靄後撤
雨季結束
楚已成為驕傲的南方
還問過鼎的重量
我們崇愛黑色鑲金的美學
薰香撲鼻的德行
繾綣的宗教
嫻靜、拘謹、好幻想……

更被流傳的說法

是祕密的婚契，在人跟神之間
以及魚鷹、萱花與
朝露的精靈

寅年寅月
我的出生必須提及
尤其它冥冥決定並
注視著這一切。
那時攝提斜照在東北
正月最後一場薄雪
剛滌淨早綻的江蘺
我的母親——
正如某些楚人的母親——
一位神祕，地位很高
但不出名的女神
把我安置在菌桂之間

用蘭苞裡初融的雪水
擦拭我的靈魂
發動了我永不冷卻的血液
二十歲
我有一個全南方都傾慕的名字
靈均

我那知道
我還有個意識清明的惡運？

低平的湖畔
並不適合遠矚之人啊
楚地不可避免的
生胚的粗糙
屢屢銼傷精緻的心靈
我一籌莫展

判斷的法則還沒確立
最好的事物怎可以貿然出現？

但是，正如手持的木蘭
我也有美麗與芬芳的期限
在歲月的變遷裡，
我發現，
唯死亡是顛撲不移的真理
而且沒有分辨的能力
優秀，終成為我的痛楚——

你怎麼能只給鳳凰一尺山水？
你怎麼能只給恆星一個夜晚？

我何嘗不知我的急切？
冷眼，還有那些冷眼？

他們以從容的口才菲薄我
在宮中布滿釘鉤
阻絆我的衣裾
使我像隻胡亂吐絲的蠶
但我無暇在他們曲折的巷弄中摸索
當一首嶄新的詩作
把我舉向星空
而一個無匹的關懷
把我拉回原先的憂忡

是啊，邊界頻繁的馬蹄
已鬆動了宗廟的支柱
金屬的腥味打斷了
辟荔香的逗留
秦地的軍火工業
遮蔽西天的殘霞

巴蜀粗製的謊言
更騙死了高貴的懷王

啊靈修靈修，我該如何說起？
我對他是耿耿於懷的
像蚌對珍珠耿耿於懷……

這人，高踞席上
不可思議地賞識起你
彷彿要延續前世的默契
帶你到雲霧盤踞的穀倉裡
訴說他六歲時的單戀四十歲的激情
先王嚴厲的管教，以及
不切實際的領土野心

那時我們都還年輕

胸中塊壘未經雕琢
像待譜的樂章
一會兒冰河
一會兒融岩
移動，像成塊的雷電
寂靜，像最溫婉的春天

但是，他斷然忘記一切
像落地的玉珮斷然缺角
我辛苦種植的九畹蘭花
全遭蹂躪——
我來到議事廳
裡頭爬滿了茅菉蕭艾
我來到內廷
只有幢幢的人影和諂媚的辭令
最後，我們見面

他指南方
眼裡沒有一絲遲疑一絲眷顧一絲牽掛。

他令我心驚
那時，
但他真像極了王
虧這令人疾首的昏昧
這令人錐心的冷酷
他真像極了王

但是
我們曾是知交，真的
曾經非常非常要好……

而南方，你知道
是特經許諾的

第二次，我來到揚子江邊
衣衫停滿沙塵
大陸性氣候的溽暑
荼毒著岸旁的申椒
一陣風沙捲起
耀目的灘邊，一隻虯龍
正痛苦地退化
虹抽走它五彩的紋鱗。

黃昏時
晚涼的河邊傳來笑聲
楚地到處有這樣的人
他們不堅持花卉
也不堅持美學
在河上結草而居
網罟為生

好為寓言
我無顏相對
因為血液不同
而且在獨善與兼善之間
兩頭落空
孤獨日日腐蝕著我
像為了要早點歇業
曝晒著滯銷的花朵。
而原先，你知道
我是最不勇於割捨的
轉寰之心，與一次又一次
死灰復燃的希冀
我放棄了別種可能的學習

從什麼地方起，我誤入歧途呢？
這一時期，我深深被自己吸引

當眾人皆醉的時候
在鵬鳥墜燬的池邊端詳自己
特定的命運總要特定的人完成
每個人都是獨一無二的
向內審視的眼睛已經開啟

於是，我披著江蘺、辟芷
束著宿莽、荊棘
捧著秋蘭
放歌四野
澤畔的村民
竊竊低語
小女孩跑上前來
我贈她一束蕙草
小男孩跑上前來
我贈他一把揭車

我賣力爬上岡陵
一陣大風更新了我的心情
我終得又以孩提的眼睛
初識了我熟識——
熱愛——
熱愛得疲憊已極的
國土
啊國土
我不禁老淚縱橫了

什麼時候
神祉們和精靈們靜靜地撤走了呢？
什麼時候
雲不再低低地棲息
龍不再因翻身憩睡而發出輕微的聲響？

什麼時候，
巫祝的歌　失去了溫情？
巫祝的歌　失去了溫情
因為他們不再相信

但我堅信不移
南方，是特經許諾的
值得我全部的愛
全部的苦楚

我將在流動的河水上
鑲下我的話語。

作者簡介

——羅智成（1955-），詳見本書頁二一四。

所謂

黃勁連

所謂出將入相
所謂立功立德
也只不過幾個春天
　加上幾個秋天
幾個鶯飛加上草長
幾個長空萬里
送上雁群

幾個叮嚀在你的耳邊
幾個伶仃在奔波的途上
幾個刮鬍子的早晨
就把你消磨

幾個剔牙齒的中午
就把你磨損
把你打扮成沈腰潘鬢
幾個打領帶的夜晚
就把你打發
幾個鼾聲大作的三更
幾個公雞啼叫的清晨
就把你嬉弄
就把你打扮成而視茫茫
而齒牙動搖的白髮
日之夕矣
很快就黃昏了
很快就夜色紛披
仰頭是群星的天宇
然後踏著

自己風乾的影子
去找尋你的歸路
然後是哭喪棒兩根墓碑一塊
搶天呼地的隊伍一群
把你送走
乾淨也好
不俐落也好
總之是青青的墳草
立於漠漠的曠野
讓野風去野大吧
讓梧桐樹再
滴瀝一片秋聲

最後　靈魂不靈
火柴盒裝著一個謎
讓你猜　讓

風雨猜　讓
野草猜　讓
野狗猜　讓
蟋蟀猜

上帝猜

最後
缺憾還之天地
不缺憾也還之天地

作者簡介

——黃勁連（1947-），中國文化大學中文系文藝組畢業。曾任大漢出版社社長、《臺灣文藝》總編輯、臺北市漢聲語文中心主任、金安出版社臺語教材總編輯、《蕃薯詩刊》總編輯、菅芒花臺語文學會創會理事長，現任《海翁臺語文學》總編輯。

創作文類以詩及散文為主，兼及文學論述。於大學時代，黃勁連即與詩友創辦「主流」詩社，發表新銳的詩作、詩評。同時從事散文創作。曾獲全國優秀青年詩人獎、南瀛文學獎、臺灣詩人獎等獎項。

1983

貓住在開滿荼蘼花的巷子裡

楊牧

有點茶香在衣服和新剪的
頭髮上，在吹著小風的窗下盤旋
一隻麻雀從隔壁的屋頂拍翅滑落
我們未必記得他的面目和名字
喜悅為眉毛停留，不曾畫過的：
有時是覺得孤獨些，陽光總是
這樣曬著書籍和鉛筆
水瓶裡的雛菊閃爍飄搖著

總是這樣的，可是不寂寞
不會：因為有書和筆，雛菊
和一隻聽話的貓。有些話

昨天說過今天再重複講一遍
可能去年秋天就已經說過了
在鐘樓下大樹前，要不然就是
前生未了的緣？是一句中斷的
歌辭，低迴又揚起的管弦

想證明甚麼呢？光陰很長
很溫柔，像貓貓的鬍子
比吉他的調子更悠遠
還帶著茶香（當你抱著
一首宋詩，專心地調弦
和音，尋找準確的位置），昨天
曾經試過，在緊張的弦上
急促地撥弄著漫長的今天
酒在小杯子裡，耳環在燈下
牡丹，豆豆，石榴，葡萄，水仙

想證明宋詩可以和吉他配合
因為琵琶幽怨，簫太冷。證明
你遺忘的句子我全部記得——
顫抖的旋律在蘆葦間飄流
主題似磐石在急流中屹立
證明這指法是對的，而顫抖的
旋律如傾斜泛紅的肩
主題無非愛和戰爭。窗外
是疑似的薯葉，黃昏有雨
打過夢幻芭蕉；貓貓跑進
院子淋雨，麻雀驚飛上屋頂
這貓的面目和名字都好記
她住在開滿荼蘼花的巷子裡

作者簡介

——楊牧（1940-），詳見本書頁一三五。

1984

山鬼

鄭愁予

山中有一女　日間在一商業會議擔任祕書
晚間便是鬼　著一襲白紗衣遊行在小徑上
想遇見一知心的少年　好透露致富的祕密給他
也好獻了身子　因為是鬼
便不落什麼痕跡

山中有一男　日間在學校做美術教員
晚間便是鬼　著一身法蘭絨固坐在小溪岸
因為是鬼　他不想做什麼
也不要碰到誰

兩個異樣心思的山鬼我每晚都看見

所以我高遠的窗　有燈火而不便燃
我知道他們不會成親這是自然的規矩
可是，要是他們相戀了……
一夕的恩愛不就正是那遊行的霧與不動的岩石

作者簡介

——鄭愁予（1933-），詳見本書頁四四。

河彎

馮青

下一世，我們還有美麗的地方去相遇嗎？
我將在河彎等你
撐著我老態龍鍾的傘
沒有淚及豪情
只有大洪水過後的心境
我是乾揞的容器

下一世的河彎
我等的不是世紀的風雨
不是恩仇　快意
是像瓦罐一樣破碎的真理
是你要溢出來又收回去

那句黑顏色的哀愁之鐘

你應該瞭解那僅是一道河彎
黑髮坐成白髮
一場鮮豔的人生在此分道揚鑣
而我們是否還要再聚首
重新評價輝煌過的峽谷
海棠蓎上一宵冷夢
你我缺齒的頭顱
生死障霧——

下一世的河彎
將是落入夢境的雪水
綿軟纏困
無法被否定的世故
終將被全數留下

和哀憐的山林一起瘋狂
那無法熱衷的事物
也將被留下
和破裂的容器一樣
在大火中消融

下一世
我們還會有美麗的地方相遇嗎？
是河彎
日月淹兮
博大的詠唱
不知名的荒野隨意漫泛
我們相遇後
再靜靜相偕離去吧
請小心攙扶我
一個多疑且流血的河口

如捧護一攤瓦碎的夢
下一世的河彎
在一些已失蹤的峽谷裡
寂寞的碧綠著
前世紀的夢塊

作者簡介

——馮青（1950-），本名馮靖魯，文化大學史學系畢業。曾加入「創世紀」詩社。曾任錦繡出版社企畫編輯，丹青圖書有限公司主編、臺灣筆會會員、臺中婦女新知理事長、諸多電臺主持人等職，並長期執教於社區大學文學創作等課程專職講師。小說《懸浮》獲吳濁流小說首獎，長詩《和我意念的島嶼》獲吳濁流長詩首獎。著有詩集《天河的水聲》、《快樂或不快樂的魚》、《雪原奔火》、《給微雨的歌》，小說《藍裙子》、《懸浮》、《蜂巢》，散文《祕密》。

聽妳說紅樓

林燿德

聽妳說紅樓
我卸下防風的墨鏡
讓古典在臉上凍結小雪
在兩鬢凝霜
走入失落的年代
妳藉語言的磚瓦重建陸沉的苑囿
「那精巧纖細的愛情
的確是刻在米粒的背面」
我輕聲地回應

作者簡介

——林燿德（1962-1996），生於臺北市城中區。國立臺灣師範大學附屬高級中學、私立天主教輔仁大學法律系財經法學組畢業。專業作家。曾獲時報文學獎、聯合報文學獎、梁實秋文學獎、全國優秀青年詩人獎、全國學生文學獎、國家文藝獎等多項大獎。

著有短篇小說集《惡地形》、《大東區》、《非常的日常》；長篇小說集《解謎人》、《一九四七．高砂百合》、《大日如來》、《時間龍》；詩集《銀碗盛雪》、《都市終端機》、《妳不瞭解我的哀愁是怎樣一回事》、《都市之甍》、《一九九〇》、《不要驚動不要喚醒我所親愛》；散文集《一座城市的身世》、《迷宮零件》、《鋼鐵蝴蝶》；評論集《一九四九以後——臺灣新世代詩人初探》、《不安海域——臺灣新世代詩人新探》、《羅門論》、《重組的星空》、《期待的視野》、《世紀末現代詩論集》、《敏感地帶——探索小說的意識真象》等。二〇〇一年楊宗翰曾主編一套五冊之「林燿德佚文選」（《新世代星空》、《邊界旅店》、《黑鍵與白鍵》、《將軍的版圖》、《地獄的佈道者》），收錄作者人生最後五年間的散佚發表作品，包含詩、散文、小說、翻譯與評論。

終端機

林燿德

1985

…………………我
迷失在數字的海洋裡
顯示器上
排排浮現
　　降落中的符號
像是整個世界的幕落
終端機前
我的心神散落成顯示器上的顆粒
終端機內
精密的迴路恰似隱藏智慧的聖櫃

加班之後我漫步在午夜的街頭
那些程式仍然狠狠地焊插在下意識裡
拔也拔不去

開始懷疑自己體內裝盛的不是血肉
而是一排排的積體電路
下班的我
帶著喪失電源的記憶體
成為一部斷線的終端機
任所有的資料和符號
如一組潰散的星系
不斷
　撞擊
爆炸

作者簡介

——林燿德（1962-1996），詳見本書頁二四六。

1986

我撿到一顆頭顱

陳克華

我撿到一隻手指。肯定的
遠方曾有一次肉體不堪禁錮的脹裂
胸壓陡升至與太陽內部
氫爆相抗衡的程度。我說
一隻手指能在大地劃寫下些什麼？
我遂吸吮他，感覺那
存在唇與指間恆久的快意。

之後我撿到一只乳房。
失去彈性的圓錐
是一具小小型的金字塔，那樣寂寞地矗立
在每一個繁星喧嚷

乾燥多風的藍夜，便獨自汩汩流著
一整個虛無流域的乳汁——
我雙手擠壓搓揉逗弄撫觸終於
踩扁她——
在大地如此豐腴厚實的胸膛，我必要留下
我凌虐過的一點證據。

之後我撿到一副陽具。那般突兀
龐然堅挺於地平線
荒荒的中央——
在人類所曾努力豎立過的一切柱狀物
皆已頹倒之後——呵，那不正強烈暗示著
遠處業已張開的鼠蹊正迎向我
將整個世紀的戰慄與激動
用力夾緊：
一如我仰望洗濯鯨軀的噴泉

我深深覺察那盤結地球小腹的
慾的蠱惑

之後我撿到一顆頭顱。我與他
久久相覷
終究只是瞳裡空洞的不安，我納罕：
這是我遇見過最精緻的感傷了
看哪，那樣把悲哀驕傲噘起的唇那樣陳列著敏銳
與漠然的由玻璃鐫雕出來的眼睛那樣因為痛楚而
微微牽動的細緻肌肉那樣因為過度思索和疑慮而
鬆弛的眼袋與額頭那樣瘦削留不住任何微笑的頰
——我吻他
感到他軟薄的頭蓋骨
地殼變動般起了震盪，我說：
「遠方業已消失了嘛？否則
怎能將你亟欲飛升的頭顱強自深深眷戀的軀幹

連根拔起？」

之後我到達遠方。
一路我丟棄自己殘留的部分
直到毫無阻滯——直到我逼近
復逼近生命氫的核心
那終究不可穿越的最初的蠻強與頑癡：
我已經是一分子一分子如此徹底的分解過了
因而質變為光為能
欣然由一點投射向無限，稀釋
等於消失。

最後我撿到一顆漲血的心臟。
脫離了軀殼仍舊猛烈地彈跳
邦浦著整個混沌運行的大氣，地球的吐納
我將他擱進空敞的胸臆

終而仰頸
「至此，生命應該完整了……」當我回顧
圓潤的歡喜也是完滿。
傷損的遺憾也是完滿。

作者簡介

——陳克華（1961-），生於臺灣花蓮市。祖籍山東汶上。畢業於臺北醫學大學醫學系，美國哈佛醫學院博士後研究。日本東京醫科齒科大學眼科交換學者。現任臺北市榮民總醫院眼科部眼角膜科主任。創作範圍包括新詩、歌詞、專欄、散文、視覺及舞臺。現代詩作品及歌詞曾獲多項全國性文學大獎，出版五十餘冊文學創作，作品並被翻譯為德、英、日文等多國語言。並出版日文詩集《無明之淚》，德文詩集《此刻沒有嬰兒誕生》。有聲出版《凝視》及《日出》。歌詞創作有一百多首，演唱歌手從蘇芮、蔡琴、齊豫，到張韶涵及趙薇。近年創作範圍擴及繪畫、數位輸出、攝影、書法及多媒材。

華文新詩百年選・臺灣卷 1

國家圖書館出版品預行編目 (CIP) 資料

華文新詩百年選 . 臺灣卷 / 陳大為 , 鍾怡雯主編 . -- 初版 .
-- 臺北市 : 九歌 , 2019.02-
冊 ;　公分 . -- (華文百年文選 ; 9-)
ISBN 978-986-450-230-1 (第 1 冊 : 平裝). --
ISBN 978-986-450-231-8 (第 2 冊 : 平裝)
851.486　107023698

主　編——陳大為、鍾怡雯
執行編輯——鍾欣純
創 辦 人——蔡文甫
發 行 人——蔡澤玉
出　版——九歌出版社有限公司
台北市 105 八德路 3 段 12 巷 57 弄 40 號
電話／02-25776564・傳真／02-25789205
郵政劃撥／0112295-1

九歌文學網　www.chiuko.com.tw

印　刷——晨捷印製股份有限公司
法律顧問——龍躍天律師 ・ 蕭雄淋律師 ・ 董安丹律師
初　版——2019 年 2 月
定　價——300 元
書　號——0109409
I S B N——978-986-450-230-1